측은한
청진기엔
장난기를
담아야
한다

위드 코로나 의사의
현실 극복 에세이

측은한 청진기엔 장난기를 담아야 한다

이낙원 지음

21세기북스

의사는 되어가는 것입니다

비 오는 날에는 김치전에 막걸리가 최고다. 뜨겁게 달아
오른 프라이팬에 김치전이 지져지는 소리는 처마에 빗방
울이 쏟아지는 소리와 똑 닮았다. 바싹바싹하게 익은 전
을 양념간장에 찍어 먹으면 짭조름하면서도 매콤하다.
아삭거리는 부침개 속에 있는 김치는 아직 뜨거워서 입
안에서 몇 바퀴 굴려야 하고, 씹으면 김치의 즙이 새어
나와 입맛을 돋운다. 기왕이면 처마가 있는 기와지붕 아
래가 좋고, 조금 시끄럽기는 하지만 야외 천막에서 먹어
도 좋다. 그러나 역시 개울물 흐르는 소리가 들리는 정자
에 앉아 먹는 김치전이 최고다. 빗소리와 물소리 때문에
입으로 먹는 건지 귀로 먹는 건지 모를 정도다. 그러다
비가 그치면 먹구름 사이로 비치는 은은한 달빛이 여운
을 남긴다.

　우리 넷은 김치전에 소주를 두고 마주 앉았다. 빗소리

도 없고 달빛도 보이지 않는 날 시내 한복판이었지만, 코로나19로 인한 사회적 거리 두기 2.5단계가 끝난 후 느껴지는 자유 덕분에 개울가 정자에 앉은 기분이었다. 바싹하게 익은 김치전을 젓가락으로 가르고, 양념간장에 담겨 있는 양파 한 조각을 얹어 한입 크게 물었다.

"엥? 왜 이렇게 느끼하지? 기름을 너무 많이 먹은 거 아냐?"

내가 물었다.

"이거 있지, 불의 세기를 잘못 조절한 거야. 약한 불에 익히면 익는 동안 전이 기름을 먹어버리거든."

요리사인 일환 형이 답했다.

"아니, 레시피가 있잖아요. 요리로 장사를 하는 곳인데 모를 수가 있나요?"

"레시피를 아무리 잘 안다고 해도, 요리는 하면서 세세히 알아야 하는 게 있는 거거든. 설탕 한 스푼을 넣는다고 해도 한 스푼에 백 단계가 있는 거야. 양념을 먼저 볶는다고 쳐. 그걸 어떤 불에 볶는 건지까지 레시피에 나와 있지 않아. 맛있는 요리가 완성되려면 몸으로 익혀야 하는 부분이 있는 거지. 레시피대로만 해서 다 되면 아무나 요리사 하게? 레시피는 인터넷에 다 나와 있는데."

맞는 말이다. 몸으로 익히는 과정이 필요하다. 그게 없으면 기름 먹은 느끼한 김치전이 될 수 있는 것이다. 정보가 차고 넘치는 인터넷 시대에도 한번 맛보면 다시 찾지 않는 불행한 요리가 만들어질 수 있는 것이다.

의사가 되어간다는 것도 비슷한 것 같다. 레시피를 안다고 다 요리사가 될 수 없듯이, 의학 정보를 안다고 다 의사가 될 수 없다. 암기하고 이해하고 시험 문제를 맞힐 수 있는 지식을 습득한 것은 의사 됨의 필요조건일 뿐이다. 정보 이상의 것을 체득해야 한다. 머리로 받아들이는 정보와 몸으로 받아들이는 정보 이상의 플러스알파가 필요하다. 이 모든 것을 통틀어 총체적 정보라 해두자. 이 총체적 정보는 단순히 교과서에 적혀 있는 문자들을 암기한다고 해결할 수 있는 것이 아니다. 국가가 제시하는 자격증 시험에 통과한 후 면허증과 함께 주어지는 것도 아니다. 머리가 아니라 가슴과 몸으로 얻어가는 과정이 필요하며, 이를 위해서는 오랜 시간 정성과 노력을 들여야 한다.

내 경험으로 보면 의사 국가고시라는 것은 '훈련'을 할 수 있는 자격증이라고 보는 것이 맞다. 인턴과 레지던트 4년 그리고 전문의가 되어서 환자를 진단하고 치료하는 과정은 오랜 훈련의 과정이다. 다른 사람의 질병을 치료한다는 무거운 '책임감'을 짊어질 수 있는 정신적 근력, 병원 시스템 안에서 신속하고 원활하게 일을 수행할 수 있는 육체적 '속도감', 타인의 감정과 표현 방법을(그 두 가지가 다를 수 있다는 것도) 이해할 수 있는 예리한 '감정의 촉수', 아픈 사람들을 대하며 진료실 안에서 수십 년간 버틸 수 있는 '존버(존경스러울 정도로 버틸 수 있는)'의 정신력 등이 필요하다는 것을 나는 의사 면허를 얻은 후에 알게 되었다.

인간이란 참 대단한 종이다. 평생 한 분야를 갈고 닦으면 저마다의 능력을 발휘하는 '전문가'가 될 수 있다. 학문적으로 깊게 파고 들어가 새로운 발견을 하는 학자도 있고, 예술적으로 전혀 다른 표현기법과 발상으로 새로운 사조를 여는 예술가도 있고, 맛깔 나는 요리로 대중의 입을 사로잡는 요리사도 있으며, 근력과 지구력과 민첩함을 훈련하는 운동선수도 있다. 이런 전문가 집단은 근대 이전의 사회에서는 찾아볼 수 없었으며, 인간 이외의 종들에게서는 존재하지 않았던 집단이다. 물론 동물의 세계에서 뛰어난 기량을 가진 동물들을 볼 수 있지만, 그 능력을 위해 수십 년간의 훈련 과정을 가지는 것은 아니다. 오직 인간만이 오랜 시간 노력을 들여 무언가를 성취할 수 있다.

그러나 나는 전문가로 사는 삶에도 분명한 한계가 있다고 생각한다. 한 가지 우물만을 파고드는 삶이 수십 년간 같은 만족을 줄 수 없다. 인간의 본성이 그렇다. '유전적으로 각인된 전문가'라는 집단은 존재하지 않는다. 훈련으로 습득한 숙련된 지식인이라고 하더라도 결국엔 인간이다. 엄마의 품이 그리운 아가에서 시작해 질풍노도의 청소년기를 거쳐야 하고, 뜨거운 사랑과 처절한 실연의 아픔도 경험해야 하고, 중년의 외로움에도 맞서야 하며, 노년기의 늙은 몸으로 살아내야 한다. 한 가지 분야에 뛰어난 전문가라고 하더라도 한 가지 일만 하면서 살 수는 없는 것이다. 시간에 따라 변해가는 몸을 가지고, 다양한 사회적 관계 속에서 살아가야 한다.

그러므로 의사가 되어가는 중에는 '넘어지지' 않을 방법을 찾아 나가는 것도 중요하다. 치료자로서의 삶을 어떻게 지속할 것인가, 나의 낙담과 절망과 매너리즘을 어떻게 관리할 것인가, 내가 넘어졌을 때 나를 일으켜 세워주고 위로해줄 동료들이 있는가를 스스로 물어보며 삶을 관리하는 것도 큰 틀에서 볼 때 '의사가 되어가는 과정' 이다.

얼마 전 94세의 나이에 임종한 최고령 의사였던 한원주 선생님의 마지막 전언이 언론에 소개되었다. "힘내, 가을이다. 사랑해"라는 말. 자신의 삶을 정리하는 너무나 멋진 말이기도 하지만, 더욱 빛난 것은 그가 90세가 넘는 나이에도 병원에서 환자를 돌보았다는 사실이다. 수십 년간 아픈 사람들의 곁에서 진료를 한다는 것이 쉽지 않은 일이라는 걸 알기 때문에 그 말이 더욱 깊게 와닿았다. 직종에 관계 없이 모두를 향해 한 말이었겠지만 특히 의사들의 가슴이 더욱 떨리지 않았을까.

"힘내"라는 말에는 '충분히 지칠 수 있는 일'을 하고 있어서 이미 힘들어하고 있는 후배 의료인들에 대한 생각이 들어 있지 않을까. "가을이다"라는 말 또한 너무 멋지다. "1년 내내 하얀 가운을 입고, 빛깔 하나 변하지 않는 병원 건물 안에서 살고 있지만 자연의 색깔은 늘 변한다는 진리를 잊지 마. 지금 이 순간, 다양한 색깔로 다가오는 가을을 누려"라고 말하는 듯하다. 병원 생활을 하다 보면 단풍구경을 창밖 풍경으로만 감상하고 마는 해가 부지기수니까. 그리고 "사랑해." 힘들어서 넘어질 것 같은 사람에게, 뭐라도 붙들고 일어나야 하는 사람에게 가장 필요한 말이며, 무엇보다도 바로 사랑이 의료인이라는 직업을 고결하게 하는 유일한 가치 아닌가. 아마도 가늘고 작은 한숨과 함께 간결하게 새어 나왔을 그 유언이 참 곱고 강하다.

이 책이 나오기까지 너무나 많은 분의 도움을 받았다. 내가 의사가 되어가는 중에 영향을 미친 모든 분께 감사를 드리고 싶지만 지면이 부족한 걸 양해 부탁드린다. 가장 먼저 떠 오른 분들은 내가 전공의 1년 차에 막 들어섰을 때 가르침을 받은 2, 3, 4년 차 선생님들이었다. 정말 많이 혼났고 또 많이 배운 시절이었다. 신계철, 용석중, 리원연, 김상하 호흡기내과 교수님들께도 감사하다. 가족 같은 과 분위기 속에서 내가 호흡기내과를 택하게 도와주었고 과거에는 선생님이었지만 지금은 멋진 동료가 되어주었다. 나를 내과 학문으로 이끌어준 권상옥 교수님께 특별히 감사하다. 진로를 정하지 못해 고민하던 나를 내과로 안내했다. 교수님은 "환자를 평생 책임질 수 있어야 의사지. 죽을 때까지 말이야"라고 말했고, 나는 이 말에 꽂혀 내과를 택했다.

의사라는 직업을 가지고 하나의 책을 만들자는 제안을 받고 나서야 진지하게 고민하게 되었다. 나는 어떻게 의사가 되었으며, 어떤 의사가 되고 싶은가? 이런 물음을 던졌고 글을 쓰기 시작했다. 인턴과 전공의 시절 그리고 전문의가 되어 진료를 해왔던 지난날을 꼼꼼히 돌아보게 되었다. 아니, 왜 의대를 가게 되었는지를 떠올리니 고등학교 때까지 기억이 거슬러 올라갔다. 생각이 단어가 되고 문장이 되자, 자연스럽게 답을 알게 되었다. 나는 의사가 뭔지도 모르고 의대에 진학했고, 지금도 의사다운 의사가 되지 못했다. 몇 십 년째 의사가 '되어가는 중'이다. 지금도 스스로 괜찮은 의사가 되었다고 자부하지 못하고 있는 것을 보니 아직 갈 길이 먼 것 같다.

차례

4

'위드 코로나'의 사가
되어가는 중입니다

:

의사가
되어가는
중입니다

1

어쩌다

내과의사

그저 대학생이 되고 싶었다. 더 나아가서는 남편과 아빠가 되고 싶었다. 꼭 그렇게 되겠다는 의지가 있었다기보다 그렇게 되려니 예상했고, 그 예상이 만족스러웠다. 그러다 보니 나에게 일관된 삶의 자세가 있었다면 '어떻게든 되겠지'일 것이다. 남편과 아빠가 되는 일은 특별히 미래를 위해 고민하거나 계획하지 않아도 어떻게든 될 일 같았으니까. 그러니까 한마디로 원대하거나 명확한 꿈이 없는 학생이었다.

어렸을 때는 동네 개들과 친했었고, 집에서 병아리나 강아지를 키울 때는 동물과 노는 것이 행복했다. 그래서인지 나는 강아지처럼 놀았던 것 같다. 아침에 풀어놓으면 알아서 동네방네 뒷산 등을 쏘다니다가 저녁에 밥그릇 두드리는 소리에 '허기가 나를 부르네' 하고 집으로 달려오는. 동네 또래 아이들과 쏘다니거나 축구나 배드

민턴을 치면서 하루하루를 보냈다. 나의 자유로움은 늘 동네 친구들의 부러움을 샀다. "넌 참 엄마가 공부하라고 안 해서 좋겠다"라는 말을 여러 번 들었다.

먼 미래를 보는 일은 골치 아픈 일이어서 나는 곧 들이닥칠 가까운 미래에 집중했다. 초등학교 5~6학년 때는 프로월드컵 운동화를 신고 싶었고(내가 늘 신는 신발의 상표가 친구들이 신는 프로월드컵보다 질이 떨어지는 그냥 '월드컵'이었다는 사실을 알게 된 후로 줄곧), 중학교 시절에는 고등학생이 되고 싶었고, 고등학교 때는 대학생이 되고 싶었다. 가끔 동네 농구장에 대학생 형들이 보여주는 화려한 플레이가 너무 멋있어 보였다. 저런 멋진 대학생이 되고 싶다는 마음을 가졌던 것은 비교적 큰 바람이었다.

고등학교 2학년 때쯤 작은 누나와 함께 가본 원주 연세대학교의 도서관에서 받은 인상은 강렬했다. 대학도서관에는 고등학교 자율학습실과는 비교할 수 없는 자유로움이 있어 보였고, 복도에 서 있는 여러 대의 자판기는 돈만 넣으면 달콤한 행복을 내놓는 최신식 기계 같아 보였다. 운동장은 농구며 축구를 하는 대학생들로 가득했는데, 저런 곳에서 여자 친구 앞에서 근사한 훅슛을 선보이며 농구를 하는 상상을 했다. 고등학교 3년은 점심시간에 농구를 하는 재미로 다녔던 것 같다. 점심 종소리와 함께 5분 만에 도시락을 해 치우고 운동장으로 뛰어나갔었다.

그러나 학년이 올라갈수록 선생님들은 무슨 재미로 사느냐를 물어보지 않고, 무슨 과를 선택할지를 물어보았다. 내 미래를 결정해야 했을 때 스스로 생각한 나의 정체성은 '개를 좋아하는 아이'였다. 그래서 수의학과에 가겠노라고 답했다. 동물이 아닌 사람을 치료하는 의학과를 선택했는데 여기에도 대단한 이유가 있는 것은 아니었다.

어머니 때문에 병원은 심리적으로 가까운 곳이었다. 어머니는 연세대학교 원주기독병원의 간호사로 37년간 근무했다. 나는 어머니와 종종 병원에서 함께 밥을 먹은 적이 있다. 갈치 구이가 나오는 병원 식단은 내 입맛에 딱 맞았고, 어머니가 병동 간호사실 안에서 삶아준 달걀도 맛있었다. 병원 안에 있는 교회에서 크리스마스 선물도 받았었으니 병원은 뭔가 있는 곳이었다.

고등학교 때 어머니 손에 이끌려 난생처음 의사를 만났다. 고등학교 체력장을 할 때 윗몸일으키기 하다가 목을 삐긋해서 목을 움직일 수 없을 정도로 통증을 느꼈다. 엄마를 닦달해서 병원에 갔는데 의사를 만나기까지 한참을 기다려야 했다. 의사는 보통 직장인의 출근 시간을 훨씬 넘겨 도착했고, 나의 증상을 듣고 웃더니, 나에게 윗몸

일으키기 하는 방법을 가르쳐주었다. 환자 침대에 손수 누워서 시범을 보인 후, 내 머리를 쓰다듬더니 그냥 가라고 했다. 나는 그 모습이 그저 자유롭고 행복해 보였다. 의사는 저렇게 여유도 있고 낭만도 있는 직업이라고 오해를 하고 말았다.

병원은 물리적으로도 가까웠다. 병원은 집에서 걸어서 20분이면 병원 후문 입구까지 다다를 수 있는 거리였다. 병원과 가까웠던 것이 내가 의과대학을 선택하는 결정적인 이유는 아니었다. 가깝다는 것은 오히려 의대에 가고 싶지 않은 이유가 되었다. 의과대학은 병원 옆에 붙어 있었기 때문에 내가 의대에 진학하게 되면 엄마의 출근길과 나의 등굣길이 겹치는 것이다. 대학생이 되어서 엄마 손 잡고 학교 가는 이미지, 그건 내가 상상한 대학생활이 아니었다.

내가 고등학교 3학년이었던 1993년은 처음으로 수학능력시험이 도입된 해였다. 두 번의 수능 시험을 보고, 그중 높은 점수로 학교에 지원하는 제도였다. 몇몇 학교에서는 학생 선별을 위해 수능 점수 외에 '본고사'라는 제도를 도입했다. 두 번째 수능은 11월에 끝났지만, 해를 넘겨 치러지는 본고사를 보기 위해서는 수능이 끝나고서도 수험준비를 해야 했다.

내가 가려고 했던 대학의 수의학과는 본고사를 치러야 하는 곳이었다. 그러나 대부분의 학교가 수능만으로 학생을 선발했기 때문에 본고사를 치르지 않는 학생들은 자유롭고 행복한 연말을 보냈다. 반면 자율학습실에 꼼짝하지 않고 앉아 있어야 하는 나는 들뜬 마음에 연필이 손에 잡히지 않았다. 그래서 소설을 읽기 시작했다. 조지 오웰의 『동물 농장』과 『1984』를 연이어 읽었다. 제목을 기억하는 이유는 내 생애 처음으로 완독한 장편소설이기 때문이다.

『1984』를 거의 다 읽을 즈음, 연세대학교 원주의과대학에서 학생 선발기준으로 본고사를 치르지 않기로 했다는 소식이 들려왔다. 수학능력 시험만으로 학생을 선발하는 대학에 가려면 굳이 자율학습실에 앉아 있을 필요가 없는 것이었다.

생각을 바꿨다. 수의학과가 아닌 의학과로 가자. 한 글자 차이지만 본고사를 준비하는 한 달가량의 기간 동안 교실 안에 있느냐 밖에 있느냐는 엄청난 차이였다. 동물을 좋아하는데 사람이라고 싫을 리 있겠나. 생애 처음 만난 의사의 낭만적인 태도도 떠올랐고, 집에서 너무 가깝긴 하지만 멀리 놀러 다니면 될 일이었다. 엄마와 함께 등교하면 뭐 어떤가. 그만한 효도가 어딨겠는가. 당장 본고사 공부를 하고 싶지 않은 심리에서 비롯된 도피성 선택이라고 지적할지 모르겠다. 그러나 수의학과에 진학하더라도 뚜렷한 직업적 비전을 가지고 있지 않았던 건 마찬가지였다. 나의 가장 큰 장점인(그때나 지금이나) 융통성을 발휘했다.

고등학생 정도면 미래에 대해 좀 더 진지한 고민을 해야 한다. 더군다나 의학과는 대학 지원과 더불어 평생의 진로가 결정되는 특수한 상황이다. 그러나 나는 철이 없거나, 좋게 표현하자면 정신적 성장이 느렸던 것 같다. 학교생활과 교육 방식에 비교적 잘 적응하는 편이었지만, 나 자신과 미래에 대한 고민이나 학교를 포함한 사회에 대한 비판의식은 거의 없었다. 고등학교 1, 2학년 때는 교련부장을 했었다. 군복을 입고 총검술을 연습하고, 제식훈련을 받는 과목이었다. 나는 대열의 맨 앞에 서서 "충성. 현재 인원 0명, 열외 0명, 총 0명입니다"를 외치며 수업의 개시를 알렸다. 지금 생각하면 그런 병영문화가 1990년대 초반까지 한국사회의 교실에 있었다는 것이 믿기지 않을 정도지만, 당시 나는 아무 생각 없이 했다. 선생님께서 시키는 일이었으므로. 나는 그런 아이였다.

의과대학은 준비가 덜 된 학생이라고 기다려주거나 배려해주는 곳은 아니었다. 최선을 다했다고는 자평할 수는 없지만, 내가 꿈꿔오던 자유로운 대학생활을 하지는 못했다. 자칫 방황하다가는 1년을 더 다녀야 하는 유급제도가 있었기 때문이다. 그럭저럭 노력해서 의과대학 6년 과정을 7년 만에 마쳤다.

그리고 이어지는 인턴과 4년의 전공의 수련 과정은 결코 만만한 과정이 아니었다. 의사에 대한 직업적 소명까지는 아니더라도, 소명에 준하는 책임감과 기술과 지식을 연마하도록 해주는 곳이었다.

병 원 은 _____

내 속도대로 움직이지 않는다

'나는 의사가 되려고 했던 게 아니었구나'라는 것을 알게 된 것은 이미 의사가 되어버린 후였다. 의과대학에 입학해 힘겨운 학업 과정을 거치면서도, 카데바(해부학 실습을 위한 시신)를 들여다보며 공부를 하면서도, 폴리 실습(병원에서의 실습)을 하면서도 몰랐다. 진심으로 의사가 되어가고 있다는 생각을 해본 적이 없다는 것을 모든 것을 겪고 난 후에 알게 되었다. 의사로서의 생활은 내가 어렴풋이 기대했던 것과는 확연히 다른 것이었다.

의사 시험에 합격하고 의사가 되어 병원 생활을 처음 시작했을 때 감이 왔다. '인턴' 생활은 내가 생각했던 것보다 훨씬 더 부지런해야 했다. 잠도 덜 자야 하고 밥도 빨리 먹어야 하고, 엘리베이터보다 계단으로 뛰어다니는 일이 더 많았다. 동맥혈 가스검사 폴리(Foley, 배뇨를 돕기 위해 생식기에 삽입하는 관) 삽입 및 소독, 심전도와 수술 부위

나 욕창 소독 등 여러 처치를 하려면 손재간도 좋아야 제 시간에 다 끝낼 수 있었다. 문제는 아무리 부지런해도 안 될 때가 있다는 것이다. 특히 응급실 인턴을 할 때는 해야 할 일을 놓치는 경우가 많아 전공의들에게서 수없이 핀잔을 들었다. 속도도 느리고 감도 없었다.

어떻게 의과대학을 7년이나 다니면서도 의사의 '일'에 대해 이토록 몰랐을 수 있을까. '어떻게든 되겠지'라는 스스로에 대한 믿음은 있었다. 아니, 근거 없는 믿음이 근거 없는 자만심을 주었다고 해야겠다. 그러나 믿음만으로는 역부족이었다. 나는 가장 일을 못하는 인턴이었을 것이다. 해야 할 일을 빠뜨리는 일이 다반사였고, 그럼에도 성질은 있어서, 검사를 빼먹어 한바탕 혼이 나면 속으로 화가 치밀기도 했다. 나한테 화가 난 전공의가 내 앞에서 차트를 흩어 뿌릴 때는 가운을 벗어버리고 욕을 쏟아부으면서 나가고 싶었다. 적어도 그 순간에는 하얀 가운이 나와 전혀 어울리지 않는다고 생각했다.

뇌출혈이 있는 환자를 제대로 발견해서 보고(notify)하지 않았다고 핀잔을 들을 때는 30분 이상을 같은 말을 반복하는 그 선생님의 입술이 너구리 같아 보였다. 밥도 못 먹고 잠 한숨 못 잔 채 뛰어다니면서 한 일이니, 실수가 나오는 건 어쩔 수 없다고 생각했다. 게으른 것은 욕을 먹어도 싸지만 최선을 다한 것만큼은 인정해줘야 하는 것 아닐까. 그러나 병원은 의사에게 너그러운 곳이 아니었다. 모든 사람을 '형제애의 정신으로 대해야 한다'는 세계인권선언의 1조 항목은 '느려 터진 의사'에게는 적용되지 않았다.

　인턴 생활은 아무것도 아니었다. 진짜는 내과 전공의 1년 차였다. 역시나 첫 번째는 속도였다. 난 내과 의사를 하기엔 매사가 느리고 성격도 지나치게 낙천적이었다. 빠르고 꼼꼼하고 똘똘해야 하는 의사의 덕목은 나와는 하나같이 먼 것이었다. 내과는 생명을 다루는 분과이기 때문에 작은 실수가 자칫 환자의 건강에 심각한 영향을 끼칠 수 있다. 그래서 내과의사로서의 훈련 과정은 몹시 힘겨웠다.
　매일 아침 6시 또는 그 이전부터 회진 준비를 한다. 회진은 전공의 4년 차와 1년 차 그리고 교수님이 함께 돈다. 회진을 끝내면 전공의는 입원 환자에게 필요한 처방과 처치를 해야 하는데, 4년 차 전공의는 1년 차에게 그날 하루 해야 할 일들을 설명한다. 그럼 1년 차는 4년 차 전공의의 하늘 같은 처방을 꼼꼼히 종이에 받아 적었다가 빠짐없이, 오후 회진 전에 완결해놓아야 한다. 그러나 나는 4년 차 선생님의 오더들을 종이에 받아 적으면서 이렇게 생각했다.

"설마, 이걸 다 나보고 하라는 건 아니겠지."

4년 차 선생님을 만나 오후 회진을 돌 때면 실행되지 않은 오더들이 발견되었고, 어김없이 핀잔을 들었다. 그럴 때 속으로 생각했다.

"에이, 설마, 내 몸이 하나인 걸 모를 리 없는 선배가 진심으로 혼내는 건 아닐 거야. 좀 더 분발하라는 격려일 거야."

매일 혼을 내는 것에 지친 선배는 오후 회진을 돌 때면 자신의 주먹으로 자신의 가슴을 치는 버릇이 생겼다. 그러면서 이렇게 말했다.

"가슴이… 가슴이…(당시 개그 프로그램에서 가슴을 치며 이렇게 외쳤던 유행어가 있었다)."

4년 차 전공의가 시킨 일은 기필코 해내야 한다는 것을 이해하고 실행할 수 있게 된 것은 전공의 생활이 두 달 정도 지났을 때였다. 3개월째 접어들면서는 혼나는 횟수도 상당히 줄어들었고, 가끔은 잘한다는 칭찬도 들었다. 무조건 해내야 한다는 것을 알게 되니 속도도 빨라지고 습관도 달라졌다. 두 달간의 병원 밖을 한 발짝도 못 나간 채 일을 했고, 수없이 혼이 났더니 가랑비에 옷 젖듯 어느새 내 몸은 변해 있었다. 해야 할 일을 미루는 일이 적어졌고, 가능한 한 빠른 시간에 해치웠으며, 낙천적인 성격은 적어도 병원에서는 벗어버린 듯했다.

이즈음 생긴 나쁜 술버릇이 있다. 술을 잔에 따르자마자 비워버리는 것이다. 부어라 마셔라 두 시간이면 술에 취하고 잠에 취했다. 술자리가 있으면 으레 나는 의자에서 앉은 채 졸다가 귀가했다.

그럴 수밖에 없는 것이 오랜만에 오프(휴가)를 받아 병원 밖으로 나오면 밤 10시다. 늦은 시간이지만 병원 밖의 밤공기는 질적으로 다르다. 100일 당직을 겪어본 사람들만이 느낄 수 있는 자유의 소중함이랄까. 그리하여 나는 그 소중한 자유를 누리려고 짧은 시간에 많은 술을 먹어치웠다. 오프가 주는 '자유'가 술을 마실 자유는 아니었지만, 적어도 취할 권리는 주었다고 생각한 듯 마셨다. 새벽같이 일어나 회진 준비를 하기 위해서는 빨리 마시고 잠들어야 했다.

그 시절에 단련한 덕을 지금도 보고 있다. 병원에만 들어가면 속도감이 달라진다. 환자 수가 많아지면 몸의 속도가 함께 빨라져서 환자가 많은 겨울에도 웬만하면 퇴근 시간 전에 일과를 마친다. 어지간히 맷집도 생겨서 많은 업무 일과에도 중요한 일은 빼먹지 않는다. 이것은 엄청난 변화다. 난 비가 그치면 아침에 들고 나갔던 우산을 들고 들어오는 법이 거의 없는 아이였다. 고등학교 입학시험 때 그리고 대학입학시험이 수능시험 때 두 번 다

수험장에 수험표를 들고 가지 않아서 가족들이 애를 태웠었다. 그랬던 내가 전공의 몇 개월 만에 과거의 습관을 벗은 것이다.

대학병원의 전공의 수련 과정은 한편으로는 고학력의 의사들을 이용한 저임금 노동착취 구조라고 비판받기도 한다. 맞는 말이다. 타인의 건강을 책임지는 의사가 되는 과정이 쉬워서도 안 되지만 전공의 과정은 지나치다는 생각을 했었다. 당직방에 누워 잠을 청하며, '인간적으로 이건 너무 불행해'라고 생각하며 잠들었던 날이 많았다. 2017년 시행된 '전공의 특별법'은 그나마 다행이라고 생각한다. 근무시간이 주당 80시간으로 제한되었고, 다음 근무까지 10시간의 휴식 시간도 보장되었으며, 휴가도 자유로워졌다.

긍정적인 변화라고 생각한다. 그러나 그렇다고 과거의 수련 과정을 지나치게 비판 일색으로 바라볼 필요는 없을 것 같다. 수련 생활이란 단순히 지식과 기술을 익히는 것 이상의 '몸'의 변화를 가져오는 과정이다. 내가 바로 그 혹독한 수련 생활의 수혜자다.

책임진다는 것의

무게

사실 전공의가 될 때까지 책임이란 단어의 뜻을 체감하지 못하고 살았었다. 책임이란 나의 선택이나 행위로 인한 결과물을 받아들이는 것이다. 결과물이 의도와는 다르게 피해를 가져오거나 손실을 입히게 되었을 때 받게 되는 정신적, 금전적 짐마저도 떠안는 것이 책임이다.

나는 20대 중반이 지나면서도 책임질 만한 일을 한 적이 없었다. 부모님이나 선생님 또는 사회적 관습이 나 대신 선택해주었고 무난히 그 선택에 따랐기 때문이다. 초·중·고등학교를 무난히 마쳤고, 의과대학에 진학한 이후에는 뒤처지지 않을 정도로 따라가는 것도 만만한 일이 아니라서 다른 진로에 대한 고민을 할 겨를이 없었다. '책임'을 염두에 두고 무언가 선택을 할 만한 기회가 없었다.

그래서 전공의가 되었을 때 맞닥뜨린 책임감이 너무

나도 무거웠다. 과연 이 순간에 벌어지는 일들을 내가 해도 되는 것인가? 내 책임이란 말인가? 이런 질문이 떠올랐지만 대답은 이미 주어져 있었다. 환자를 치료할 권리를 부여받았다는 '면허증'에는 책임질 의무도 이미(나만 모른 채) 따라온 것이었다.

전공의의 첫 수련 과정인 호흡기내과 1년 차 생활을 시작하자마자, 밤이면 밤마다 책임감이 찾아왔다. 말기 폐질환을 앓고 있는 두세 명의 환자들은 첫 한 달 내내 밤마다 나를 불렀다. 치프 선생님도 없고 교수님도 없이 나 홀로 남겨진 그 시간에만 이르면 나는 '갑자기', '홀로' 의사가 된 기분이었다. 숨을 헐떡거리며 어떻게든 해달라고 하는 환자의 가족들 앞에서 나는 식은땀을 흘려가며 환자를 처치하는 방법과 더불어 책임감이란 걸 배웠다. 간밤에 고통 받는 환자와 함께한다는 것은 한 사람에 관한 일들, 적어도 하룻밤 사이에 벌어지는 일들을 책임지는 것이다.

응급실 인턴 생활을 할 때의 일이다. 나는 근처 의료원으로 파견근무 중이었다. 어느 날 한 환자가 어지럼증으로 응급실에 내원했다. 환자를 문진 후 신경과 전문의에게 연락하여 전문 진료를 받게 할 참이었는데, 환자는 어지럼증이 조금 나아졌다면서 퇴원을 원했다. 환자의 의사를 존중하고 싶었던 나는 증상이 생기면 다시 오시라는 말을 덧붙이면서 퇴원을 시켰다.

몇 개월 후 환자를 중환자실에서 다시 만났다. 환자는 신경과에 입원 중이었다. 환자는 뇌경색이 재발했고, 생명이 오락가락하는 상태였다. 응급실에서 내가 처음 환자를 보았을 때 환자의 질병은 가벼운 뇌경색 증상이었을 가능성이 컸다. 그때 내가 환자를 잡았었더라면, 집에 가기 전에 신경과 전문의를 만나게 했더라면 결과가 달라졌을지 모른다.

후회가 밀려왔고 그 후회와 책임감이란 것은 환자의 병세가 악화되는 것을 지켜보면서, 환자의 투병과 가족들의 간병 생활을 바라보면서, 그리고 그 후에도 오랫동안 내 가슴을 짓눌렀다. 내가 의사로서 처음 경험한 무거운 책임감이었다.

세상에 하나밖에 없는 사람의 몸이란 세상에 하나밖에 없는 수많은 관계와 얽혀 있다. 그물 한쪽이 요동치면 그물 전체가 흔들리듯, 몸 한쪽이 고장 나면 몸 전체가 흔들리며, 몸이 관계 맺고 있는 다른 몸들도 함께 요동친다. 한 번의 의료 행위가 파동처럼 퍼져 나갈 수 있는 것이다.

의사 생활을 하면서 가장 두려운 것은 '이 환자가 다른 누군가가 아닌 나를 만난 것이 나쁜 우연'일지도 모른다고 의심하게 될 때다. '하필 나를 만나 병세가 나빠진 것은 아닐까'라는 의구심은 무거운 책임감으로 다가온다. 책임감이 무거워서 한 번 더 책을 찾아보게 되고 다른 선택은 없는지 고민하게 된다. '질환에 대한 지식과 처치에 대한 자신감'이 있어야 책임감을 짊어지고도 걸어갈 수 있으니까.

그러나 아무리 지식으로 무장한 자신감이라도 사람의 몸은 기계가 아니다. 부속품이 고장 나면 설명서대로 갈아 끼워 해결할 수 있는 것이 아니다. 몸이라는 복잡한 유기체는 수많은 세포와 조직과 장기의 역동적인 상호작용을 통해 생명을 유지한다. 약제가 효과를 발휘하지 못하는 경우도 있으며, 예상 밖의 사건으로 인해 생명을 잃는 경우도 있다. 그러므로 책임감을 져야 하는 사건이 언제든 발생할 수 있는 것이 의사의 숙명이다. 의사가 된다는 것은 책임감이라는 봇짐을 어깨에 짊어지고 걸어갈 근력을 키우는 과정이다.

1년 전의 일이다. 폐렴 및 패혈증으로 생사의 기로에 있는 한 여성을 치료하고 있을 때였다. 여성은 중환자실에서 인공호흡기 치료 중이었고 혈압상승제와 항생제를 비롯한 각종 약물 치료를 받고 있었다. 범발성 혈액응고장애(DIC)가 특히 심각했는데, 이는 혈관 내에서 세균과

그로 인한 면역반응이 악화일로라는 것을 의미했다. 여기서 한발짝만 뒷걸음질을 치면 죽음이라는 낭떠러지로 떨어질 것 같았다. 아침 마다 혈액검사 결과를 확인할 때는 두려움과 기대가 공존했다. 항생제를 변경하고 각종 수액제와 도움이 될 만한 모든 것을 투여하면서 환자가 이겨내기를 바랐다.

중환자실 앞에서 우연히 환자의 남편과 마주쳤다. 환자의 아이가 여섯 살이라는 말을 듣고 나서 밀려오는 책임감이 몹시 무거웠다. 나의 선택에 따라 결과가 달라질 수 있으며, 그것은 환자 본인의 삶뿐 아니라 남편 그리고 한 아이의 '평생'에 영향을 미치게 되는 것이다. 6이라는 숫자가 눈앞에 아른거렸다. 6이면 앞으로 남은 숫자가 너무 많다. 엄마 없이 살아가게 둘 수는 없는데, 질병의 호전 여부는 당위성에 의해 결정되는 것이 아니지 않나.

다행히도 환자는 오랜 기간의 투병 끝에 호전되기 시작했다. 혈압이 안정되기 시작했고, 혈액 안에서 팽팽하게 맞서던 세균과의 싸움에서도 승전보가 들려오기 시작했다. 백혈구와 혈소판 수치도 제자리로 돌아오기 시작했다.

외과의사들의 수술방은 책임감이 더욱 무겁게 느껴지는 곳이다. 의사가 이어놓은 뼈와 인공관절을 가지고 환자는 한평생을 살아야 한다. 뇌혈관 수술, 심장판막 또는 신장이식등 한 순간의 술기로 여생의 질이 결정될 수 있다. 회식 자리에서 술이 거하게 취한 어느 교수님이 의사들에게 한탄 섞인 부탁을 한 적이 있다. 평생 함께 가는 사람이라고 생각하고 수술을 해야 한다고 말이다. 무거운 책임감을 느끼고 짊어질 수 없다면 좋은 의사가 될 수 없다는 말일 것이다.

몇 개월 전에 여섯 살 아이의 엄마를 병원 로비에서 만났다. 얼굴빛이 건강해 보였고, 퇴원할 때보다 살도 조금 더 찐 것 같았다. 그녀는 커피를 손에 들고 누군가와 이야기를 나누고 있었다. 반가웠지만 인사를 나누지는 못했다. 한동안 책임감에 마음고생을 하긴 했지만 그것으로 치사를 받고 싶은 생각은 없다. 그녀가 이제는 일곱 살이 된 아이의 엄마로 살고 있다는 사실, 그리고 나에게는 책임감을 짊어질 눈에 보이지 않는 근력이 조금 더 생겨 있다는 것만으로도 보상은 충분하니까.

차가워지기

"야, 왜 네가 희망의 전도사냐! 워닝(warning, 환자의 상태가 악화할 것을 미리 설명하는 과정)을 해야지 왜 기대에 부풀게 하는 거야!"

치프 선생님이 나에게 말했다. 환자의 가족들에게 환자의 상태가 악화할 것이고 사망할 수도 있음을 설명해야 했는데, 막상 내가 가족 면담을 한 후 가족들이 체념이 아닌 회복에 대한 기대를 가지게 되었다는 것을 지적하는 말이다. 당시의 대화를 떠올리면 대강 이랬다.

"지금 환자 상태가 악화하고 있어서 며칠 내에 사망할 수도 있습니다."

"아니, 선생님. 정말입니까? 죽을 수도 있다는 말인가요?"

"네, 지금 이대로 악화하면 그럴 수도 있습니다."

"아니, 저희는 몹시 당황스럽습니다. 지금 돌아가시면

안 돼요. 그래도 가능성이 조금은 있지 않습니까?"

가족들 몇 명은 울음을 터뜨리고, 자리에 주저앉기도 했다. 가족 중 한 명이 희망을 붙들고 싶은 마음에 가능성이 조금은 있지 않느냐고 묻기를 반복하자 나는 이렇게 대답하고 말았다.

"음… 그럴 가능성도 있으니까요. 좋아질 수도 있겠죠? 그러니까 조금 지켜보시지요."

가족들은 대화의 전체적인 내용은 다 잊어버리고 마지막에 내 입에서 나왔던 '가능성'이라는 '희망'의 단어를 붙들게 된다. 그러고 나서 상태가 악화해 임종 직전이 되었을 때 치프 선생님이 가족들에게 환자의 경과를 설명하자 이렇게 되물었다.

"아니, 지난번에는 좋아질 수 있다고 하지 않았습니까! 선생님, 왜 말이 바뀐 거지요?"

중환자의 가족들을 대하는 방법을 몰랐을 때 나는 가족들의 감정에 휘말리곤 했다. 그들이 바라는 작은 가능성에 마지못해 동의하기도 했다. 최선을 다해보겠다는 마지막 대답은 그들의 희망에 방점을 찍는 일이 되어버리곤 했다. 의도와는 다르게.

상대방의 상황을 이해하고 감정에 동조하더라도 표현해야 하지 말아야 할 때가 있는 것인데, 나는 서툴렀다. 내 기질과 성격 때문이리라. 그들에게 상처가 될까봐 혹은 내가 상처를 입을까봐 그랬을 것이다. 환자의 가족들이 슬픔과 기대의 눈빛으로 나를 뚫어져라 쳐다보는 상황을 피하기 위한 도피성 대답일 수도 있다. 결과적으로 볼 때 이런 식의 대화는 가족들에게도 의사에게도 도움이 되지 않는다. 환자의 치료 과정에도 도움이 될 리 없다. 적절한 선에서 냉정해질 줄 알아야 한다.

요즘도 가끔 있는 일인데, 차트의 진료기록을 수정해 달라고 요청하는 사람들이 있다. 대개 오랜 기간 입원으로 병원비가 감당할 수 없을 정도로 나온 까닭이다. 오래 전부터 나에게 진료를 받아왔고, 내가 환자의 가정형편까지 알고 있다 보니 환자는 자신을 고충을 이해하는 의사에게 부탁하는 것이다. 보험과 관련된 상황이 대부분인데, 나는 그런 요청은 단호하게 거절한다. 전공의 1년차에 처음 이런 요청을 받았을 때는 어떻게든 도와주고 싶어 방법을 찾아보기도 했다. 그때 4년 차 선생님에게 물어보았더니 그는 이렇게 말했다.

"안 된다는 말을 주저하면 안 돼. 단호하지 않으면 계속 요구해. 안 되는 건 안 되는 거야."

단호하게 선을 그어야 할 때가 있다. 그 단절이 불편한 상황을 만들더라도 감수해야 한다. 하지 말아야 할 말은 아예 꺼내놓지 말아야 한다. 그런 단호함은 말의 어조와 표정 그리고 자세에서도 드러나야 한다.

전공의 2년 차 때 백혈병에 걸린 20대 남성 환자의 주치의를 한 적이 있었다. 골수이식까지 했던 그는 백혈병이 재발했고, 질병의 경과는 더 이상의 치료약이 없을 정도로 악화되고 있었다. 환자는 고열과 전신의 통증을 잠을 이루지 못했다. 환자는 계속되는 고통을 몰핀으로 버티고 있었고, 더 이상의 적극적인 치료는 무의미한 상태였다. 회진을 갈 때마다 눈물로 밤을 새워 간병을 하던 아버지는 제발 아들을 살려달라고 애원했다.

어느 날부터 아버지는 ○월 ○일까지 살아 있게 해달라며 구체적인 날짜를 말했다. 그 날짜는 한 달 후였는데, 환자가 생명을 이어나가기에는 어림없이 긴 시간이었다. 그건 어려울 것이라고 말했지만 아버지는 요구를 반복했고, 그럴 때마다 나는 최선을 다해보자며 대화를 마무리지었다. 결국 환자는 아버지가 요구한 날짜 이전에 사망했다.

문제는 사망 이후였다. 아버지는 의료진이 살릴 수 있었음에도 최선을 다하지 않았고 포기해버렸다며, 병원 측에 문제제기를 했다. 나에게는 편지도 써 보냈다. 아버지가 특정했던 그 날짜는 기도 중에 받은 날짜였고, 그날을 넘기면 아들이 살 수 있을 것이라는 계시를 받았다는 것이다. 그리고 의료진의 사과편지를 요구했다. 납득할 수 없는 일이었지만, 나는 좀 더 단호하게 말했어야 했음을 뒤늦게 깨달았다. '왜 아들이 살 수 있을 거라고 생각하시냐'고 되물어보았다면 어땠을까. 그리고 더욱 단정적으로 죽음이 불가피한 상황임을 강조했더라면, 아들의 사망 후에 계속된 아버지의 기행을 막을 수 있지 않았을까.

스스로 차가워진다는 것이 기질상 잘 안 맞는 사람도 있을 수 있다. 그러나 의사라면 하얀 가운 속에 자신의 기질을 감추는 능력이 필요하다. '듣기 좋은 말만 해주는 따뜻한 선생님'이라는 환상에서 벗어나야 한다. 필요할 때 자가냉각기를 가동시키고, 자신의 눈빛과 얼굴의 온도를 떨어뜨려 차가움을 만들어낼 줄 아는 것도 의사의 덕목 중 하나다. 과정의 차가움이 더 따뜻한 결과를 만들어낼 수 있기 때문이다.

청진기

어느 날 눈을 떴는데, 생전 처음 보는 장소에 낯선 사람
들과 함께 있었던 경험이 있는가? 왜 어떻게 그곳에서 눈
을 뜨게 되었는지 기억나지 않을 때의 당혹감은 경험해
본 사람만이 알 수 있다. 간혹 스릴러 영화의 도입부에
종종 써먹는 이런 장면을 나는 대학교 1학년 때 경험했
다. 하지만 스릴러 영화와 달리 아주 포근하고 따뜻한 스
토리다. 낯선 이들은 의식을 잃은 나를 밤새 돌보고 간호
해주었다. 구토물에 젖은 나의 옷을 벗겨주고 닦아주고
담요로 덮어주었다. 지독한 두통에 잠에서 깼을 때 누군
가가 했던 말이 아직도 기억난다.

"얼굴이 너무 창백해. 더 자."

동아리 모임 때로 기억한다. 연극반 모임 뒤풀이로 술
집에 갔고, 거기서 가톨릭 학생회 선배들을 만나 두 개의
모임을 오고 가며 술을 마셨다. 주량을 훌쩍 뛰어넘는 양

의 술을 마신 후 나는 기억을 잃었고, 아마도 몸을 가누지 못하니 누군가가 부축해 의과대학 기숙사의 낯선 방에 데려다가 눕혔을 것이고, 방에 있던 사람들은 밤새 낯선 사람을 돌봐야 했다.

이런 우연한 만남으로 인해 그 방에 있던 친구들은 대학교 초반기 나의 가장 친한 친구들이 되었다. 훈이, 산희, 종원이, 진욱이 그리고 나, 이렇게 다섯은 함께 쟁반막국수를 먹으러 다녔고, 시험 때면 함께 밤을 새며 공부했고, 우리집에 와서 할머니가 끓여주신 된장국에 허기를 달래기도 했다. 친구들은 음악을 좋아해서 의과대학에 '음사사(음악을 사랑하는 사람들)'라는 동아리를 만들었고, 나는 자연스럽게 준회원이 되었다. 동아리 첫 정기공연 때 나에게도 무대에 설 수 있는 자리를 마련해주어서 노래 한 곡을 불렀던 기억이 난다. 김민기의 〈봉우리〉라는 노래였다. 대학초반에 만난 친구들이 아니었다면 나는 의과대학을 제대로 졸업할 수 있었을까? 아마 적응장애로 초반에 탈락하지 않았을까 싶다.

의대를 졸업한 후 전공의 수련 생활을 마칠 수 있었던 가장 큰 요인 하나만 뽑으라면 역시 친구들이라고 말할 수밖에 없다. 내과 수련 과정 4년을 함께 마친 8명의 내과 전공의들을 만난 것은 아무리 생각해도 큰 복이었다. 모두가 개성이 다르고 취향도 달랐지만, 우리는 힘든 시기 서로에게 힘이 되어주었다. 내과 전문의가 되겠다는 동일한 목표를 공유했던 것이 서로를 도울 수 있었던 이유였다고 할 수 있겠지만, 그것만으로는 설명이 부족하다. 쏟아지는 비를 함께 맞을 때 생기는 동지애랄까. 함께 못 자고, 함께 혼나고, 함께 뛰어다녔고, 마지막 몇 개월은 시험 준비를 위해 합숙하며 함께 속을 태웠으니 말이다.

지금 돌아보면 간지럽고도 재미있는 일들이 몇 장면 떠오른다. 심장내과 1년 차 때의 일이다. 고단한 하루가 끝났지만 끝내지 못한 일이 많았다. 당장에 수십 장의 심전도를 판독해야 한다. 나와 같이 심장내과를 수련받는 훈이와 함께 저녁을 먹고 들어온 후 심전도 판독부터 시작했지만 졸다 말다 반복했다. 그러다가 한 명이 말했다.

"우리 잠깐만 자다가 할까?"

우린 어느새 환자를 눕혀 심전도 검사를 하는 간이 배드에 함께 누웠다. 하얀 가운을 그대로 입은 채 어깨를 딱 붙이고 팔짱을 껴야 한쪽 팔이 배드 밖으로 나가지 않는 좁은 침대에서 꿀잠을 잤다. 같이 잠들고 같이 깼다. 깰 때는 꼭 이렇게 말했다.

"큰일 났어. 야, 몇 시야?"

그 잠깐의 단잠을 얼마나 즐겼는지 모른다.

전공의 1년 차들의 넥타이는 항상 꼬질꼬질했다. 넥타

이를 갈아 맬 시간도 없이 몇 날 며칠을 보내는 일이 부지기수였기 때문이다. 아직도 종원이의 노란색 넥타이가 기억이 남는다. 종원이의 넥타이가 1년 내내 같은 색깔인 걸 보면서 저게 언제 바뀌나 내심 궁금했었다.

나는 잠을 잘 때 넥타이로 눈을 가리는 습관이 있었다. 다른 사람들 말로 내가 잘 때 내 눈에 흰자위가 조금 보인다고 한다. 눈꺼풀이 선천적으로 약간 모자라 눈을 다 덮지 못하는 모양이다. 24시간 불이 켜진 당직 방에서 쪽잠을 자려면 빛을 가려야 하는데, 목에 달린 넥타이는 휴대용 수면 안대의 역할을 했다.

당직방 소파에 누워 넥타이로 눈을 가리는데, 시간이 새벽 2시였다. "아, 인간적으로 이건 불행해"라고 속삭이며 눈을 감았다. "그래도 괜찮아"라는 말을 속으로 한 적은 없지만, 어딘가 다른 당직방에서 누워 잠을 청하는 동기들이 있을 것이라는 생각을 하면 위로가 되었고, 아직도 잠들지 못하고 퀭한 눈으로 병동을 돌아다니는 동료들을 생각하면 견딜 힘을 얻었다.

돌아보면 혼자라면 포기하고 말았을 일들이었으며, 미리 알았다면 절대 선택하지 않았을 생활이었다. 쏟아지는 비를 함께 맞다 보면 서로에게 평생의 우산이 되어 주리라 다짐하게 되기도 한다. 찬식이와 미영이는 내과 전공의 동기 커플이 되었고, 3년 차에 결혼을 했다.

넥타이와 더불어 청진기는 우리와 희노애락을 같이 하는 물건이었다. 1년 차가 되자마자 단체로 구입한 청진기를 나누어 맨 우리는 청진기에 이름의 이니셜을 새기는 일부터 했다. 이후로 청진기는 자는 시간을 빼고는 줄곧 우리 어깨를 타고 다녔다. 시간이 모자라 뛰어야 할 때는 어깨에 걸려 있는 청진기 머리가 가슴을 내리쳐서 청진기를 손에 들고 뛰었다.

"○○병동 코드블루, ○○병동 코드블루" 하는 방송이 나오면 가슴이 철렁 가라앉았다. 몇몇 컨디션이 안 좋았던 환자가 떠올랐다. 내 환자가 아닐까? 혹시 내가 아까 보호자보고 걱정 말라고 했던 그 환자가 아닐까? 심장이 잠시 복강으로 내려가는 느낌이었다. 곧장 청진기 하나 챙겨서 병동으로 달려가면, 영락없이 가장 근처에 있던 전공의 동료들이 먼저 와서 조치를 취하고 있었다.

심장마사지는 에너지 소모가 꽤 큰일이기 때문에 번갈아가면서 해야 한다. 1년 차들과 간호사 그리고 응급구조사들도 함께 한다. 한 명이 심장마사지를 시작하면 다른 사람은 기관삽관을 하고, 또 다른 사람은 중심정맥관을 잡는다. 그리고 주치의는 차트와 검사 결과를 살피며 갑자기 심장이 멎은 이유를 찾는다.

심폐소생술의 현장에서 역할 분담이 자연스럽게 이루어지듯이 우리는 의국 생활에서도 자기 역할을 찾았다.

내과 분과를 선택해야 하는 4년 차 때도 큰 갈등 없이 지나갔었다. 심지어는 수련 생활 후 종명이의 결혼식 때마저도 우리는 역할 분담을 했다. 사회는 훈이가 보았고, 내가 축가를 불렀고(종명이는 내게 생애 처음이자 마지막 축가를 맡겼다), 신랑은 종명이가 맡았으며, 나머지는 하객 역할이었다. 다행히 다들 자기 역할을 헷갈리지 않았다.

전공의 시절, 누구나 한 번은 경험해봄직한 '일탈'이 있다. 우리는 그것을 '도망'이라고 불렀다. 어느 날 홀연히 모든 일손을 놓은 채 잠적해버리는 것이다. '사직'이라든가 '이직'과 같은 일반적인 단어를 쓰지 않는 이유가 있다. 사직서를 제출한다거나 다른 직장으로 옮긴다거나 하는 계획이 있었던 것이 아니기 때문이다. 육체적 정신적 일과들을 감당하느라고 벼랑 끝까지 몰렸던 몸과 정신이 뒤로 헛발질을 하고 마는 형국이랄까.

예를 들면 밤사이 환자가 한 명이 사망했고, 심폐소생술을 두 건을 했고, 사망한 환자의 보호자는 병원의 실수라면서 화가 나 있고, 밀린 일들이 남아 있는데 회진 시간이 다가온다. 해야 할 일들이 산더미고 일부는 나의 능력을 벗어나 있으며, 이 모든 것을 평가받는 시간이 다가오면 눈앞이 깜깜해진다. "아, 더는 못 버티겠어" 하는 자괴감과 "더는 이렇게 일할 수 없어"라는 자조 섞인 목소리가 들려오면 가운을 벗어놓고 홀연히 병원문을 열고 나서게 된다. 물론 삐삐는 당직방에 놓고 휴대폰은 꺼놓은 채로.

아침에 아무개 전공의가 연락이 안 된다는 소식이 병원에 퍼지면, 위의 연차와 같은 과에서 함께 일하는 동기들은 비상이다. 남아 있는 일들을 함께 처리해야 한다. 그러나 원망이나 비난하는 마음은 없다. 오죽했으면 그랬을까. 원망하는 맘에 비난이라도 한다면 동기가 영영 떠나버릴지도 모른다. 한 며칠 쉬다 보면 좋아지겠지 하며, 며칠 후 연락을 해보고 설득한다. 함께 일하던 몇 명의 전공의들이 도망을 갔었지만 모두 돌아왔다. 돌아온 이유의 절반 이상은 아마도 함께 일하는 동료들 때문일 것이다. 병원 일이라는 게 의사 수에 맞추어서 조정이 되는 곳이 아니란 것을 알기 때문이다.

전문의는 환자에 대한 처치를 결정하고 그에 대한 책임을 져야 하는 무거운 역할을 감당해야 한다. 병원은 실수에 대해서 관용적일 수 없는 곳이다. 수련 생활을 마치고 일선 병원에 나와서 일하며 가끔 병원이 '야전' 같다는 생각이 든다. 홀로 결정하고 처치하고, 그에 대한 평가가 다시 고스란히 내게 돌아온다. 실수한다고 용서해주지 않으며, 뒷걸음질치거나 넘어질 때 누가 잡아주지 않는다. 도망간다고 대신해서 일을 거들어주는 사람도 없다. 성체가 되어서 홀로 무림을 누비는 야생고양이과 동물의 삶에 가깝다.

그러나 고양이도 성장 과정에서는 또래들과 함께 있어야 한다. 무리를 지어 몰려다녀야 하고 친구들과 장난치며 생존방식을 익힌다. 의과대학과 수련 과정을 함께했던 친구들은 함께 홀로서기를 준비하는 또래들이었다. 그 길을 함께 준비했던 동료들이 있었음에 새삼 감사한다.

화내기

"똑바로 하라고."

신경질적인 말투, 거의 반말에 가까운 음성이었다. 내 귀를 의심했다. 설마 나한테 한 얘기는 아니겠지.

"아, 진짜 그러니까 제대로 하라니까, 자기가 못하면 그렇게 시키던가!"

30대 중반이나 되었을까, 젊은 사람이 분명히 내 눈을 보며 얘기하고 있었다. 눈빛은 날카로웠고 표정은 분노와 경멸감이 뒤섞여 있었고, 전체적으로 상황 파악이 전혀 되지 않는 돼먹지 않은 낯빛이었다. 존대라도 섞었더라면 그나마 나았을 것이다. 그러나 그는 문장의 끝에 '요'를 붙이는 최소한의 예의조차 지키지 않았다. 그의 누나들이 그를 제지했다.

어이가 없고 황당했다. 뭐라고 대꾸를 해야 할 것 같은데, 분함과 억울함과 분노가 뒤섞여 터질 것 같은 뭔가를 어떻게 표현해야 할지 도저히 알 수가 없었다. 결국 나는 아무 말 없이 한숨을 몇 번 내쉬고 병실을 나와버렸다. 환자의 병세가 심각했기에 10명 가까이 되는 가족들이 1인실에 모여 있었다. 나는 병실 밖으로 빠져나오기 위해서 좁은 병실 안에 서 있는 사람들을 피해 지그재그로 살금살금 걸어서 나와야 했다.

그날은 추석 연휴의 마지막 날이었다. 휴일이지만 환자를 보기 위해 출근을 했다. 환자는 뇌출혈로 의식이 없는 상태인 데다가 폐렴과 흉수까지 동반되어 위독한 상태였다. 나는 환자의 흉수를 제거하기 위해 환자의 좌측 가슴에 삽입해놓은 흉관이 제대로 작동하는지를 보려고 허리를 숙이던 중에 공격을 받았다. 상대방에게 등을 보인 채 무방비 상태에서 허를 찔린 것이나 다름없었다.

진료실로 내려왔다. 참을 수가 없었다. 조금 전 저 버르장머리 없는 사람에게서 '똑바로 하라'는 말을 들었고, 굴욕적인 표정으로 가족들 사이를 피해 달아나듯 나와버린 것이다. 병동 간호사에게 전화를 했다. 가족들에게 할 말이 있으니 진료실로 내려오라고 요청했다. 몇 분 후 문제의 남성을 포함한 세 명의 가족이 진료실로 내려와 사과를 했다. 연휴 기간 환자의 상태가 연일 악화되는 것 같은데 의료진이 없어서 답답하고 화가 나던 차에 터져버린 철없는 짓이라고 했다. 누나들이 먼저 사과와 해명을 했고, 사과하라고 채근하는 누나들에 못 이긴 듯 문제의 남자는 짝다리로 선 채로 죄송하다고 했다.

사과를 받긴 했으나 나의 머리는 혼란스러웠고, 가슴속의 분노는 가라앉지 않았다. 오후 회진을 마저 도는 중에도, 퇴근길 운전 중에도, 저녁을 먹을 때도, 먹고 나서도 반말로 쏘아대는 표정과 그 앞에서 공손히 머리 숙이고 듣고만 있던 나의 모욕적인 장면이 머릿속에서 떠나질 않았다.

그 자리는 내가 등을 보여서는 안 되는 곳이었다. 이곳은 환자를 돌보는 병원이고 나는 이곳을 책임지는 의사다. 그 자리에서 화를 내고 사과를 받아냈어야 했다. 병실 밖으로 나가야 하는 것은 내가 아닌 문제의 그 남성이어야 했다. 나는 그렇게 할 수 있는 유일한 사람이다. 그것이 환자를 위하여 옳은 일이며, 무엇보다도 나 자신을 지키기 위한 일이다. 뒤늦게 사과를 받긴 했으나 타이밍을 놓친 것에 대한 후회가 2~3일은 계속되었다.

분별 있게 화를 내는 것도 잘 사는 일 중의 하나다. 사회 생활에서도 의사 생활에서도 무조건 참는 것이 좋은 방법은 아니다. 더 정확하게 표현하자면 속에서부터 끓어오른 화를 '분별 있게' 참지 않아야 한다. 분별 있게 '타이밍'과 '강도'를 조절해야 한다. 지금 당장 되받아치는 것이 좋은지, 아니면 시간차를 두고 해결할 것인지, 참는다면 어느 정도로 참을 것인지를 결정해야 한다. 앞의 예처럼 상대방의 엉뚱한 오해로 인해 발생한 모욕적인 상황은 그 자리에서 해결하는 것이 좋다. 시간을 지연시킬수록 사태의 원인을 자신에게로 돌리고, 자신의 비겁함을 원망하게 될 수 있기 때문이다. 진료 현장에서 느낀 수치심은 나중에도 상처가 될 수 있다.

치료적 화 therapeutic anger

나이 많은 어르신들과 대화하면서 알게 된 것 한 가지는 화를 내는 것이 감정의 격차를 좁혀나가는 하나의 방법이 될 수 있다는 것이다. 적절한 '화'가 오히려 신뢰를 다지게 되는 지름길이 될 수도 있다. 예를 들어 경제적으로 매우 어려운 상황에서 가족이 병이 난 경우, 보호자는 돈 걱정을 안 할 수 없다. 게다가 의사가 오랜 병원 생활과 여러 가지 처치가 필요하다는 설명을 하면 보호자는 답답함과 분노를 의사에게 투사할 때가 있다. "다 필요 없고, 병원에서 돈 벌려고 하는 것 아닙니까?"라는 말을 듣게 되기도 한다. 내 경험상 이럴 때는 화를 참지 말아야 한다. "나도 가족이 있는 사람이에요. 어떻게 그런 말을 합니까?"라고 화를 내고 격렬한 대화가 오가고 나서야 환자 가족이 오해를 풀고 신뢰가 형성됐던 경험을 여러 차례 했다. 나는 이런 화를 '치료적 화'라고 부른다.

그러나 분별 있게 화내기란 참 어렵다. 화라는 감정은 일단 터져 나오면 표현 방법을 조절하기 어렵기 때문이다. 그래서 사태를 수습하기보다는 악화시키는 경우가 훨씬 많다. 함께 일하는 동료 사이, 또는 환자와 의사와의 사이에서도 되돌릴 수 없을 정도로 관계가 어긋나기도 한다. 무엇보다 화를 내며 내뱉은 말들이 오래 회자되면서 문제로 남기도 한다.

　　따라서 화를 내는 '타이밍'을 늦추는 것이 좋다. 그래야 어떤 방식으로 해결할 것인지 고민할 시간도 벌 수 있다. 예를 들어, 수련 의사(인턴이나 전공의)나 간호사가 실수를 했다고 해서 내가 그들에게 화를 낸다고 해보자. 의도하지 않은 실수이기 때문에 상대방에게 상처가 되기도 한다. 그렇다고 해서 화를 안 내고 넘어가는 것도 좋지 않다고 생각한다. 화는 상대방이 한 실수가 얼마나 큰지 파악할 수 있게 해주는 수단이기도 하기 때문이다. 그러므로 분별 있게 화를 표현하고, 덧붙여 세세한 설명을 해주는 것이 좋다.

　　게다가 병원은 화가 많은 곳이다. 몸이 아픈 사람들이 신경이 예민해지고 짜증을 잘 내는 것은 자연스러운 일이다. 의료진의 작은 실수나 오해에서 비롯된 일에 크게 화를 내는 환자들이 가끔 있다. 의사보다는 간호사에게 감정을 폭발시키는 사람들이 더 많다. 혈액 채취가 쉽지 않아 여러 번 채혈을 했거나 문제가 발생했는데 해결이 늦어지면 환자로서는 화가 날 수 있다. 그런데 "환자가 오늘 새벽에 크게 화를 내셨어요"라는 보고를 받고 회진을 가면 이미 화가 다 가라앉아 상냥한 얼굴로 맞이하는 환자도 많다.

　몸도 감정도 아픈 환자들이기에 이해하고 넘어가야 하는 일이 적지 않다. 감정의 찌꺼기는 불이 잘 붙는 인화성이다. 조용히 몸 밖으로 나가는 과정에 누군가 맞불이라도 놓으면 더 큰불로 번진다. 화를 내는 상대에게 대꾸라도 했다가는 일이 더욱 커지기 십상이다. 쉽지 않은 일이다. 분별 있게 화내는 것은 삶의 능력 중에 가장 난이도가 높은 행위에 속할 것이다.

무료한 '방 생활'을

버티는 법

진료행위는 방에서 일어난다. 방은 벽으로 둘러싸여 있고 문이 하나, 창문이 하나 정도 달려 있다. 나는 방문을 열고 들어가 의자에 앉아 하루 일과를 시작한다. 병실과 중환자실 회진을 돌고, 기관지 내시경을 하기 위해 방을 비우긴 하지만 그 외의 시간들은 대부분 방에서 보내게 된다. 하루 중 가장 많은 시간을 보내는 곳이 방이다.

　방에는 하루에도 수십 명의 환자가 드나든다. 방문을 열고 들어와서 내 앞에 앉았다가 진료가 끝나면 다시 방문을 열고 나간다. 환자들은 모두 다른 경험과 다른 이야기를 가지고 있는 사람이지만 수십 명의 환자를 만나기 위해서 나는 그들을 분류한다. 기관지 천식, 알레르기 비염, 만성 폐쇄성 폐질환 그리고 기타 감기 등. 그러므로 나는 각기 다른 수십 명의 사람들을 만나는 것이 아니라 대여섯 가지의 질환을 만나는 셈이다.

나는 의자에 엉덩이를 붙이고 앉아서 책상을 사이에 두고 환자와 마주한다. 손으로는 환자의 증상을 받아적으면서 얼굴은 모니터와 환자의 얼굴을 번갈아 바라본다. 일어나서 환자의 등에 청진기를 가져다 대고 호흡음을 듣기도 하지만, 금세 자리로 돌아온다.

의사가 된다는 것은 이와 같은 '방 생활'을 50년 정도 반복한다는 말이다. 특히 일선 병원에 근무하는 봉직의는 대부분의 시간을 방에서 보내게 된다. 대학병원에 있으면 학생들을 가르치기도 하고 논문을 쓰기도 하며 병원이라는 조직사회 내에서 진료 외의 업무를 보게 되기도 하는데, 대학병원이 아닌 봉직의나 개원의들은 모든 에너지를 진료에 투자한다. 당연히 방 생활이 길어질 수밖에 없다.

봉직의 생활 만 3년이 지날 즈음 심각한 매너리즘에 빠졌다. 그날이 그날 같은 똑같은 일상이 지겨워지기 시작한 것이다. 진료행위라는 견고한 틀에 갇힌 생활은 나를 힘들게 만들었다. 게다가 방문을 열고 들어오는 수십 명의 환자들은 어딘가 아픈 사람들이다. 병원이란 기쁜 소식을 전하러 오는 곳이 아니라는 것을 문득 자각할 때면 한숨이 나오기도 했다.

갑작스럽게 들이닥친 이런 감정이 처음엔 낯설고 당황스러웠다. 전혀 대비할 준비를 하지 않았기 때문이다.

생계에 대한 걱정도 미래에 대한 불안감도 아니다. 남들이 보기에, 아니 내가 스스로의 위치와 여건을 평가해봐도 불만이 있다는 것이 어울리지 않았다. 어색하고 또 썩 유쾌하지 않은 감정과 그럭저럭 동거하며 지내야 했다.

봉직의 생활 10년이 지날 즈음엔 이 생활을 오래 할수 없을 것이라는 생각이 올라왔다. 불면증도 있는 데다가 몸 상태가 예전 같지 않았다. 의사들끼리 농담 삼아하는 얘기가 있다. 의사 한 명당 평생 볼 수 있는 환자 수가 정해져 있다고. 젊어서 너무 많은 환자를 보면 몸이 고장 나서, 나이 들어서 환자를 볼 수 있는 체력이 고갈된다는 말이다.

40대 중반이 되어갈 때 몸에 신호가 오더니 시쳇말로 훅 가는 느낌이 들었다. 요통으로 거의 1년간을 고생했고, MRI 촬영을 해보니 목 디스크에 허리 디스크까지 있었다. 툭하면 목과 어깨가 결리고 목이 돌아가지 않을 정도로 통증이 생겼다. 친절한 재활의학과 전대근 선생님은 진료실 모니터를 받침대까지 사다 주면서, 집에서는 앉아 있지 말라는 조언을 해주었다. 이거 참, 앉아서 책을 읽는 즐거움도 내려놓아야 할지 모른다니.

더 심각한 것은 신경이 예민해지는 것이었다. 진료실 문을 열고 들어오는 환자가 짜증스러울 때가 있는 것이다. 전에도 그런 적이 없다고는 말하지 못하겠지만 빈도가 확연히 늘었다. 일주일 전에 받아 간 약이 안 듣는다고 투정을 하는 환자에게 "그러면 다른 방법을 찾아보죠"라고 말하지만 마음속에서는 '나더러 어쩌라고'라는 말이 보글거린다. 환자에게 차가워질 때 의사는 자신의 직업적 능력의 한계를 직감한다. '이런식으로 계속 갈 수는 없는데'라는 생각이 든다. 몸이 안 좋으면 정신이 흔들리고 환자를 대사하는 의사의 심성이 강퍅해진다. 의사가 환자를 보며 스트레스를 받는다면, 그것은 쉬라는 신호임이 틀림없다.

그럼에도 불구하고 봉직의 13년 차인 나는 지금 열심히 환자를 돌보고 있으며, 직업으로서도 보람을 나름대로 느끼며 살고 있다. 두 번의 위기가 있었지만 무사히 넘긴 것 같다. 어려운 시기를 나름대로 어떻게 버티며 지냈는지 돌아보았다.

사랑하는 일을 만들기

심심하다는 마음은 '재미'를 위해 무언가를 실행해 옮길 수 있는 내적 동력이 될 수 있다. 그러나 심심함도 오래 지속되면 그 무엇도 하고 싶지 않은 단계인 '권태'와 '무기력'에 빠질 수 있다. 봉직의 생활 3년 차, 첫 번째 위기가 닥쳤을 때 심심함이 권태감으로 바뀌기 전에 뭔가 해야 할 것 같았다. 슬럼프가 찾아왔던 겨울을 보내고 나서 이듬해 봄에 나는 글을 모아 책을 내기로 결심했다. 진료 외에 뭐라도 해야겠다는 생각을 하게 되었고, 죽기 전에 책 한 권 정도 내놓고 싶다는 막연한 생각을 실행해 옮기기로 마음을 크게 먹었다. 일단 시작하고 보니 생활에 생기가 돌았다.

원고를 모으고 수정하고 추가해가면서 책 한 권이 될 법한 분량을 만드는 데 6개월 이상 걸렸다. 그런 다음 출판사에 연락을 하기 시작했다. 서점에서 출판사 이름을 메모해 온 후 인터넷을 통해 투고를 했다. 인터넷 사이트에 투고란이 있는 출판사는 인터넷을 통해 투고했고, 없는 곳에는 직접 전화를 걸어 투고 의사를 밝히고 이메일을 보내기도 했다.

출판사에서 무명 작가에게 선뜻 출간 기회를 줄 리는 없었다. 출판사 수십 군데에 여러 차례 투고를 하면서 "왜 안 될까?"를 고민하며 수십 번 원고를 고쳤다. 여러 번 다시 읽으면서 에피소드의 순서를 바꾸기도 했고, 비슷한 내용을 한데 묶어 부를 나누고 큰 제목도 붙였다. 분류를 하고 나니 비로소 전체적인 맥락이 보였고, 들어가는 말과 맺음말을 쓸 수 있었다.

출판사에서 연락이 온 것은 원고 투고를 시작한 지 1

년이 넘어서였다. '난 안 되나 보다' 하는 자책감과 패배감에 출간을 포기할까 고민하던 때였기에 뛸 듯이 기뻤다. 책이 출간되고 나서 책 읽고 글 쓰는 습관은 더욱 활발해졌다. 반복되는 일상이 삶의 의미를 앗아가는 것 같다는 생각이 들었을 때 글은 미세한 변화들을 포착하고 의미를 끄집어내는 수단이 되었다. 그냥 지나쳐버렸을 아름다움이나 소소한 기쁨을 건져 올리려 저장해두는 스냅사진 같은 것이 글이라는 걸 알게 되었다.

그래도 주기적으로 심심해졌다. 내 성격이 문제인지도 모르겠다. 병원 동료들이나 지인들과 모임을 가지고 술도 마셔보았지만 공허감이 몰려올 때가 있었다. 사람들이 각종 모임을 만들거나 사회단체에 참여를 하는 이유를 알 것 같았다. 사실 나 자신을 내성적인 편에 속하는 사람이라고 알고 있었는데, 그게 아닐지도 모르겠다는 생각이 들었다. 이럴 줄 알았으면 어떻게든 대학병원에서 일해보도록 노력했을 텐데, 후회도 했다. 그러나 시위를 떠난 활이다. 되돌아갈 수 없고, 지금 이 생활에서 벗어날 수도 없다. 나에겐 버티기 전략이 필요했다.

그때 발견한 것이 음악감상이었다. 한동안은 음악에 푹 빠졌다. 뭔가 갈증났을 때 부어진 청량제같이 음악은 귀속으로 뇌속으로 파고들어 정신을 흠뻑 적셨다. 한 때는 음악 없이 걸어 다닐 수 없다는 내부 규칙이 있는 듯 행동했다. 전철을 타거나 걸어 다닐 때 늘 이어폰을 귀에 꽂고 다녔고, 진료실에서 진료할 때도 음악을 틀어놓았다. 바로크 음악부터 모차르트와 베토벤의 고전음악, 낭만적인 쇼팽과 슈베르트 음악까지. 각종 악기 소리를 구분해서 들어보는 것도 재미있었고, 음악의 역사까지 함께 공부하게 되어 유익했다. 무엇보다 진료실에서의 공백을 메꿔주었던 음악 덕분에 방 생활이 훨씬 더 윤택해졌다. 클래식 음악에 무지했던 내가 음악에 빠진 이유 역시 내적 공허함 때문이었을 것이다.

내게 글쓰기와 음악은 든든한 버팀목의 역할을 해주었다. 그래서 난 이 두 가지를 취미생활이라고 생각하지 않는다. 생존을 위한 호흡 같은 것이라고 할까. 지금도 글을 쓰고 있는 진료실에서는 모차르트의 〈피아노 소나타〉가 울려 퍼지고 있다.

일상에서 벗어나기

얼마 전 병원에서 700여 명의 코로나19 일차예방 접종을 모두 마쳤다. 접종을 호흡기내과에서 담당해서 두 명의 호흡기내과 의사가 번갈아서 접종을 도왔다. 나의 일은 처방을 내리고, 접종자에게 부작용일 일어나지 않는지를 살피는 것이었다. 가장 중요한 것은 아나필락시스 반응이 일어나는지 관찰하고, 발생했을 때 적절하게 대처하는 것이다. 다행히 아나필락시스는 한 명도 없었고, 가벼운 어지럼증 증상은 비교적 흔하게 있었다. 하루 100명의 접종자를 살피면 두세 명 정도가 가벼운 어지럼증을 호소했다. 그중 한두 명은 대기실 침대에 잠시 누웠다가 가기도 했다. 통계적으로 심각한 백신의 부작용은 거의 없다고는 하지만, 예방접종의 부작용에 대한 언론의 시선이 따가웠던 터라 긴장을 놓을 수 없었다.

비교적 큰일을 끝낸 것 같아 셀프 포상휴가를 떠났다. 3월의 제주도는 여행지로 탁월한 선택이었다. 섬 전체가 거대한 미술관 같았다. 해안가를 바라보면 에메랄드빛 바다가 검은색 현무암과 대비를 이루었고, 내륙 방향으로 눈을 돌리면 가지각색의 꽃들이 초록빛 엽록소들 사이사이에서 빛을 발하고 있었다. 아직 지지 않은 빨간색 동백꽃은 양념 같은 운치를 더했다. 특히 하얀색 벚꽃과 노란색 유채꽃이 여기저기 만발해 있었는데, 둘이 함께 피어 있는 정원은 노랑-하양-파랑이 삼층으로 된 조화를 이루며 황홀한 장면을 연출했다. 지구에 꽃이 없었다면 얼마나 적막했을까. 이틀간의 짧은 일정이었지만, 다시 힘이 나는 것을 느꼈다.

가끔은 일상을 벗어나는 것이 필요하다. 시야를 넓히고 때로는 내가 사는 세상을 부감해보는 경험을 하기도 한다. 세상에는 이토록 강렬하게 피어나려는 꽃들이 존

재하지 않는가. 다양한 색깔이 존재하여 충분히 아름답
지 않은가.

다시 병원으로 돌아왔지만 확실히 예전과는 다른 느
낌이다. 회색빛의 건물 사이로 하얀빛의 가운이 돌아다
니고, 다시 아픈 사람들과 처방을 넣는 모니터에 집중해
야 하지만 나의 신경은 한결 차분해져 있다.

인간은 본성적으로 다양한 색깔의 세상에서 살도록
설계되어 있다. 그러나 병원은 시각적 색깔만큼이나 감
정의 색깔도 단조로운 공간이다. 시선을 병원과 환자에
게만 집중하는 생활은 오래갈 수 없다. 정신적 피로와 육
체적 한계가 한길 높이의 파도가 되어 언제 당신을 덮칠
지 모른다. 몸과 마음에게 세상의 다양한 색깔을 경험하
도록 배려해야 한다. 이를 위한 방법으로 여행만 한 게
없다.

여행을 자주 할 수 없는 여건이라면 간접적인 여행인
독서도 좋다. 간접체험이지만 다른 사람, 다른 세상을 만
나는 수단으로는 독서가 여행보다 나을 때도 있다. 좋은
책을 만나면 2~3주 정도를 책에 푹 빠져 살 때가 있다.
그 시간 동안에는 여행하는 것과 다름없는 경험을 하게
된다. 이때의 여행지는 저자의 지식 세계일 수도 있고, 저
자가 경험했던 가정일 수도 있으며, 저자가 창조해낸 허
구의 공간일 수도 있다. 다양한 색깔을 지닌 세계를 보여

준다는 점에서는 책의 세계가 진리에 가깝다고 할 수 있을 것 같다. 병원이라는 특수한 환경속의 특수한 색깔들만으로는 우리의 삶을 이해할 수도, 지탱할 수도 없을 것이니까. 누구든 의사이기 전에 인간이니까.

시소 플레이어

"병원을 신뢰하지 않는 게 아니고요"

"네?"

"아니, 선생님이나 병원을 못 믿는 게 아니고요. 제 말은 왜 괜찮던 분이 병원에서 자꾸 병이 생기냐는 겁니다."

환자의 아들은 병원을 신뢰하지 않는 게 아니라고 말했으나, 그의 표정과 말투는 신뢰하지 않는다고 말하고 있었다. 나는 처음부터 소상하게 환자의 경과를 설명했다. 한 달 전에 폐렴으로 입원 치료 후 퇴원했으나 다시 폐렴이 발병해 재입원했던 환자다. 치료 계획대로 환자의 폐렴이 호전되어 퇴원 계획을 잡았는데, 다시 폐렴이 악화했다. 나는 가족들에게 일련의 흉부 방사선 사진을 보여주었고, 사람이 몸이 기계가 아니어서 계획대로 되지 않는 경우도 있다는 말을 덧붙였다. 아들은 내 말의 중간중간에 "네", "네"라고 짧은 추임새를 넣으면서 들어주었는데, 나는 설명하는 내내 몹시 불쾌했다. 팔짱을 끼고 등받이에 몸을 기대는 자세와 말투는 마치 직장 상사가 부하직원을 수행 평가하는 자세였다. '너의 실수를 찾아내겠다'는 눈빛이었다.

설명이 끝나고 중환자실의 상담실을 나오면서 잘 참았다며 스스로를 격려했다. 몇 시간 전 환자는 호흡곤란이 악화해 인공호흡기 치료를 시작했고, 병세가 호전되지 않는다면 사망할 수도 있는 상황이었다. 환자 가족들의 냉소적인 태도를 이해하지 못하는 건 아니다. 적대적이거나 악의적인 듯한 태도를 보이는 아들의 내면의 실상은 다르기 때문이다. 그는 아직 아버지가 없는 세상을 받아들일 준비를 하지 못했다. 아니, 그 세상이 생각하는 것조차 무섭고 두려운 상태다. 밖으로 튀어 나가는 강한 발언은 두렵고 불안해하는 약한 내면을 반영한다. 아버지가 죽을까봐 두렵고, 아버지가 없는 세상이 불안한 것이다.

안타깝지만 그 두려움과 불안은 본인이 감당해야 한다. 가족의 감정에 동화되어 "괜찮아질 것이니 불안해하지 마십시오"라는 말은 할 수가 없다. 의학적으로는 사망과 소생 가능성이 반반이기 때문이다. 괜찮아질 것이라는 안심감을 줄 수 있는 상황이 올 때까지 기다려야 한다. 물론 기다리더라도 최악의 상황을 피할 수 없게 되어 "최선을 다했습니다만"이라는 말을 하게 될 수도 있다. 어떻게 될지 모르는 상황에서는 '모른다'고 분명하게 말해야 한다.

가족의 감정에 정면으로 부딪쳐서도 안 된다. 내가 만일 불쾌한 기분에 아들과 언쟁이라도 하게 된다면, 아들은 두려움의 원인을 의료진에게 돌리게 될 것이다. 자신이 감당해야 할 정신적 짐의 원인을 의료진에게 투사하게 되는 것이다. 의료진의 실수가 있는 것이 아니냐는 서툰 의심을 확신으로 만들 수도 있다.

아슬아슬하게 균형이 유지되는 '시소' 널빤지의 가운데쯤 서 있는 상황을 경험할 때가 있다. 균형을 잃어버리지 않은 채 마무리를 짓는 '시소 플레이'에는 상당한 감정노동이 필요하다. 이때 균형을 잃어버리지 않기 위해 가장 중요한 것은 수면 아래의 숨겨진 진짜 의도를 파악하는 것이다. 수면 밖에 드러나는 말과 행동과 수면 아래에 있어 보이지 않는 내면이 다른 경우가 있기 때문이다. 그렇게 해야 말과 행동 또는 단어에 휘둘리지 않을 수 있고, 의사가 휘둘리지 않아야 두려움과 불안에 휘둘리는 가족들을 가라앉힐 수 있다.

최악의 상황에서도 환자와 가족에게 한 배를 타고 있

는 운명공동체임을 깨닫게 하는 것, 이것이 의사가 되어
가는 중에 겪는 가장 고난이도의 시소 플레이가 아닐까
생각한다.

차가워진 가슴에는

이야기가 필요하다

나 스스로가 너무나 비정하고 차가워서 깜짝 놀란 적이 있다. 사망진단서를 연거푸 세 장 쓴 날이었다. 세 번째 사망진단서를 적고 있는데, 사망한 환자를 가리고 있는 커튼 아래로 울음소리가 흘러나왔다. 울음소리는 흐느끼다가 점점 커졌고 중환자실에 잔잔히 번졌다. 그제야 무슨 일이 생긴 것인지 정신이 들었다. 한 사람이 죽었고 나는 지금 한 사람이 세상과 작별하는 공간에 있다는 것을 알았다. 한 사람, 그의 과거와 현재와 오지 않은 미래들이 함께 소멸되는 공간이다. 그가 없는 세상을 받아들여야 하는 사람들의 낙담과 슬픔이 쏟아지는 공간이다.

사망진단서를 이렇게 편안히 앉아서 어떠한 감정의 동요도 없이 내려쓰는 것이 이상하지 않은가. 마치 제조업체의 생산라인에 앉아서 반복적인 작업을 하는 사람처럼 일하고 있으니 말이다. 너무 익숙해진 것이다. 익숙해지지 말아야 할 것마저도 익숙해지니, 그곳엔 인간 의사가 아닌 기술자 의사가 존재할 뿐이다.

이 일이 두고두고 떠올랐다. 어쩌다 내가 그렇게 되었나 싶어서. 그리고 시간이 지나 어느 정도 생각을 정리할 기회가 있었다. 내가 판단하기에 첫 번째 원인은 세계관이었다. 현대의학을 지배하고 있는 과학적 세계관 말이다. 과학의 한 분야로서의 의학은 실험실에서의 결과물과 통계적 증거를 기반으로 진단과 치료를 결정한다. 의사가 되어가는 과정에서 받은 훈련은 과학의 토대 위에 축적된 지식을 배우고, 그것을 임상에 적용하는 것이다. 공감, 느낌, 감정, 이런 단어들은 이성과 데이터 앞에서 잠시 뒤로 접어두어야 한다. 이러한 분위기 속에서 교육과 훈련 과정을 받아가면서 상당히 '이성적'인 사람이 되고 만다. 과학적으로 세상을 보는 방식이 사람을 대하는 방식이 된 것은 아닐까. 그것에 만족하며 살다 보니 망자의 사망진단서에 적힌 선행 사인과 중간 선행 사인 그리고 직접 사인으로 사람을 이해해버린 것은 아닐까. 그것으로 충분하다고 착각하는 데는 내가 습득한 세계관의 영향이 크리라.

나이 이런 문제의식은 나만이 가진 것은 아니었던가 보다. 최근에 읽은 책 『병원의 미래 클리블랜드 클리닉』에서 미국 클리블랜드 의과대학 학장인 제임스 영은 이렇게 말한다.

"그동안 우리는 모든 사람에게 존재하는 공감의 불씨를 날려버리거나 최소한만 남겨놓고 태워버리려고 노력해왔죠. 학생들로 하여금 의술을 행할 때 공감으로 인해 발생하는 어려움을 인식하고, 스스로 냉정해지는 기술을 개발하도록 교육해왔던 거죠. 그들이 의술에만 전념하도록 말이에요."

저자는 의과대학 학년이 높아질수록 공감능력이 떨어진다는 결과를 소개했다.

교육과정을 마치고 세상으로 나오면 차가워질 수밖에 없는 또 다른 차원이 존재한다. 갖가지 숫자가 나를 포위한다. 수술 건수, 검사 건수 그리고 매출…. 세상은 나를 숫자로 평가하며, 나는 살아남기 위해서 또는 더 잘 나가기 위해서 만족스러운 수치를 달성해야 한다. 그렇게 숫자들의 위협에 시나브로 굴복하게 되면 우리가 살고 있는 이 시대의 한계가 고스란히 나를 통해서 드러나게 된다. 시간이 지날수록 차가워지는 것이 자연스러운 것이 된다.

차가워지는 것은 물리법칙이다. 뜨거운 것에서 차가워지는 방향으로, 질서에서 무질서로 나아가는 것이 자연스럽다. 그러나 지구상에 탄생한 생명은 유일하게 이 열역학 제2법칙을 무너뜨린다. 외부로부터 끊임없이 에너지를 공급받음으로써 체온을 유지한다. 우리가 먹는 하루 세 끼의 40퍼센트 이상을 단순히 몸을 덥히는 데 사용한다. 외부와 열린 채로 에너지를 공급받아야 따뜻함을 유지할 수 있다.

열역학 제2법칙은 우리의 정신에게도 적용된다. 자본주의와 유물론적 과학적 세계관은 차가워지라는 강력한 압력이다. 관계 속에서 존재할 수밖에 없는 인간은 이러한 압력에서 자유로울 수 없다. 아무런 노력을 하지 않는다면 물질의 온도가 내려가듯 정신의 온도도 내려간다. 자칫하면 환자들은 진단명으로 치환되기도 하고, 숫자를 채우기 위한 수단이 되기도 한다. 그래서 세포가 외부에서 에너지를 공급받아 열을 발산하듯이, 우리도 차가워지지 않기 위해서 뭔가를 공급받아야 한다.

나의 경험으로 보건대 '이야기'를 듣는 것이 중요한 에너지가 될 수 있다. 때때로 환자들이 전하는 질병의 이야기는 질병 이상의 이야기가 들어 있다. 환자의 인생역정과 그 사람의 사랑과 절망과 고통이 들어 있다. 치유받아서 일상으로 되돌아가야 하는 이유와 바람이 들어 있다. 한 사람의 삶과 진심이 담긴 이야기는 마음을 움직이는 힘이 있다. 강력한 진동을 일으켜 마음이 뜨거워지는 힘이 있다.

손녀에게 밥을 해주기 위해서 더 살아야 한다는 할머니의 말을 듣고 있을 때, 평생을 성실하게 살아왔음에도 불구하고 감당할 수 없는 질병이 찾아온 것에 대한 원망을 토해내는 남성의 이야기를 듣고 있을 때, 아들이 죽으면 안 되는 이유를 설명하는 어머니의 눈물 어린 이야기들을 들을 때, 그럴 때 어떤 숫자로도 가늠할 수 없는 생명의 가치를 다시 알게 된다. 이야기를 듣는 것. 이것이 차가워지라는 시대의 압력에 반항하는 최고의 방법이다. 내가 경험한 바로는 그렇다.

의사의
일상
환자의
비일상

2

불시착

"선생님. 환자 사망했습니다."

"네. 알겠습니다."

나는 당직실의 수화기를 내려놓았다. 20세 남자 환자가 사망했다는 전화를 받았지만 별 감정의 동요가 없었다. 환자는 일주일 전 갑작스러운 심장마비로 응급실에 왔고, 30분간 심폐소생술 후 심장박동이 돌아온 상태였다. 그러나 심장마비로 인해 대부분의 체내 장기들은 손상을 입은 상태였고, 결정적으로 저산소성 뇌 손상이 돌이킬 수 없을 정도로 심각했다. 바로 하루 전 시행한 뇌 검사는 환자가 소생불가능한 상태임을 알려주었던 것이다. 그럼에도 불구하고 최선을 다했던 것은 세상을 떠나기에는 너무나 아까운 나이였기 때문이다. 심장마비의 원인을 찾기 위해 많은 검사를 했고, 며칠 전엔 심장조영술까지 시행했었다. 나와 교수님은 특별한 원인을 찾지 못한 채 회복 불가능한 상태란 것만 확인할 수 있었다.

나는 사망 선언을 하기 위해 응급실 중환자실로 향했다. 엘리베이터에서 내려 중환자실 방향으로 걷고 있는데 저쪽에서 누군가가 뛰어오고 있는 것이 보였다. 두 팔을 위로 쳐들고 뛰어오고 있는 모습이 점점 또렷해졌다. '설마, 설마 나에게 달려오는 것은 아니겠지'라고 생각하고 싶었지만 기우가 현실이 되는 데는 몇 초가 걸리지 않았다. 그녀는 전속력으로 달려 내 앞에서 몸을 날렸다. 찰싹. 나는 소리보다 더 큰 불빛을 보았다. 그녀의 오른 손바닥이 정확하게 나의 면상과 조우한 것이다. 세상은 반짝 빛이 지난 간 후 빙글빙글 돌기 시작했다. 정신을 차릴 여유도 없이, 세상은 계속 빙글빙글 돌았다. 왜냐하면 진짜 세상이 돌고 있었기 때문이다. 나에게 싸대기를 날린 그녀가 내 넥타이를 잡고 내 주위를 돌았고, 나는 원심력에 끌려 넘어지지 않으려고 다리에 힘을 주어야 했다. 우리 둘은 마치 쌍을 돌아 회전하는 거대한 항성처럼 균형 있게 회전했다.

얼마나 돌았을까. 회전하는 동안 나와 함께 회전하는 사람이 바로 20세 환자의 어머니란 것을 알게 되었다.

"내 아들 살려내!"

"누가 우리 아들을 이렇게 만들었어!"

어머니의 카랑카랑한 목소리가 쩌렁쩌렁 울렸다. 아

들을 잃은 어머니는 슬픔과 분노와 증오 같은 것들이 참을 수 없이 뒤엉켜 폭발한 상태였다. 다른 가족들이 어머니를 말리면서 회전은 멈췄고, 나는 중환자실로 몸을 피했다.

간호사가 물었다.

"선생님, 자다가 오셨어요?"

뜬금없는 질문에 마음이 조금 상했다. 조금 전에 있었던 소란스러운 상황이 중환자실 안에서는 하나도 들리지 않았나 보다. 누군가에게 위로받고 싶었던 건 과도한 기대였던가. 이미 체면과 자존심이 구겨질 대로 구겨진 상태였다. 이걸 누가 좀 어루만져주면서 구겨진 마음을 펴주면 좋겠는데 그럴만한 목격자가 없다는 게 한 번 더 억울했다. 나 한대 맞았으니 위로의 말이라도 해달라는 요청을 '내가 먼저' 할 수는 없는 일 아닌가. 그래도 자다가 왔냐는 어이없는 질문은 너무도 엉뚱해서 되묻지 않을 수 없었다.

"왜요?"

"얼굴에 손가락 자국이 났잖아요. 손바닥을 괴고 자다가 온 것 같아서요."

마치 행선지를 정해놓지 않은 수송기 한 대가 이륙하는 것과 같다. 사랑하는 사람이 질병으로 생명을 잃을지

도 모른다는 소식이 도착하면, 온갖 감정을 가득 싣고 수
송기는 하늘로 오른다. 질병의 진행 속도가 빠를수록 이
륙 속도가 빠르고 환자의 사회적 연결망이 돈독할수록
더 많은 사람의 감정이 수송기에 실리게 된다. 하늘 높
이 떠올라 공중을 부유하는 수송기는 환자와 관계된 작
은 소식 하나에도 심하게 출렁인다. 가슴을 저미게 하거
나, 반대로 설레게 하는 소식들에 감정이 출렁이는 것처
럼 비행기는 공중에서 출렁거린다. 환자가 병마와 싸우
는 사이 수송기는 급강하, 급낙하를 반복하는 힘겨운 과
정 겪으면서 착륙 장소를 모색한다.

한대 맞았을 때, 물론 납득할 수 없었고 충격적이었지
만 자식을 잃어 정신이 반쯤 나가 있는 사람에게 따져 물
을 수 있는 상황이 아니었다. 당시는 이런 일을 공론화하
여 처리하는 병원 내 시스템도 없던 시절이었다. 어리숙
한 새내기 의사인 나는 처음 닥치는 상황에 당황스러울
뿐 분하고 억울해할 심리적 여유도 없었다. '왜 나에게
이런 일이 생길까. 낯선 사람과 만나는 최악의 경로 중
하나겠지'라고 생각했던 것 같다.

여유 있게 당시를 회상할 수 있게 되었을 때 돌아보
니 나의 실수가 납득이 되었다. '수송기'를 연착륙시키는
데 실패한 것이다. 환자의 사망이 예상되는 상황에서 이

미 수송기는 착륙 장소를 잃어버렸는데, 나는 환자에만 시선이 가 있었다. 각종 검사를 진행하느라고 가족들의 동의서를 받아야 했을 때 가족들의 미심쩍은 눈빛과 표정이 새삼 떠올랐다. 각종 검사는 몇몇 가족이 회복의 기대를 갖는 과정이 되었고, 또 다른 몇몇 가족에게는 이미 죽은 가족을 이용해 매출을 올리는 이기적인 의료 행위를 의심하게 했다.

어머니가 나와 중환자실 앞에서 회전운동을 할 때 했던 말 중의 하나가 그 증거다.

"불쌍한 우리 아들을 가지고 돈을 벌어?"

만약 검사 동의서에 가족들이 주저할 때 좀 더 그들과 솔직한 대화를 했다면 그 말을 미리 들었을 수도 있고, 혹은 오해를 풀었을 수도 있다. 그러면 수송기가 '오해를 품은 채' 그대로 추락해버리는 일은 없었을 텐데 말이다.

당시 사건은 이전의 몇몇 사건들과 더불어 내게 연착륙의 중요성을 일깨워주었다. 환자의 건강이 회복된다면 수송기는 신경 쓰지 않아도 안전하게 착륙할 테지만, 그렇지 않을 경우 수송기는 어딘가에 불시착해야 한다. 내가 겪은 일은 최악의 착륙 방법이었다.

가족의 죽음을 감당하지 못하는 감정들은 어딘가로 분노와 슬픔을 돌리게 되고, 의료진은 가장 쉽게 다다를 수 있는 대상이다. 가족에게도 애석한 일이고, 의료진은 또 얼마나 억울한 일인가. 나는 환자 케어 못지않게 가족의 감정을 연착륙시키는 것 역시 매우 중요한 일이란 것을 알게 되었다.

작은 언덕

의사가 되자마자 있었던 일이다. 그날은 여름 휴가의 시
작일이었다. 밤새 응급실에서 진료를 했고, 새벽하늘은
이미 환하게 밝아오고 있었다. 잠시 후 아침 6시가 되면
다음 인턴에게 일을 넘겨주자마자 나는 여름 휴식에 들어
간다. 계획은 없다. 일단 모자란 잠을 자야 했으니까.

　6시가 가까이 왔을 때 환자 한 명이 비틀거리며 응급
실 안으로 들어왔다. 50대 초반의 나이였던 환자는 극
심한 가슴 통증을 호소하며 식은땀을 흘리고 있었다. 병
명은 심근경색이었다. 내원하자마자 시행한 심전도에
서 Left anterior descending branch, 즉 관상동맥(심장동맥,
coronary artery) 가운데 가장 굵은 혈 심근경색을 시사하는
소견이 발견된 것이다. 초응급상황이었다. 꽉 막혀 있는
환자의 관상동맥을 얼마나 빨리 뚫을 수 있느냐는 생명
이 걸린 문제였다.

곧바로 심장내과에 연락했다. 심장내과 4년 차 선생님이 내려왔고, 심장조영술 팀에 연락이 되었고, 일사천리로 일이 진행되고 있었다. 문제는 보호자였다. 환자는 법적인 보호자가 아무도 없었다. 환자를 데리고 온 친구라는 사람이 유일한 보호자였다. 그는 자신이 모든 책임을 다 지겠다고 했고, 비용이 얼마가 들든 상관없이 일을 진행해달라는 말까지 덧붙였다.

보호자 동의서를 받고 심장혈관조영실로 환자를 옮기려는 찰나 심장마비가 발생했다. 심실빈맥이 발생하면서 환자는 의식을 완전히 잃었다. 심폐소생술이 시작되었다. 심장마사지가 시행되었고, 환자는 기관삽관 후 앰부배깅(호흡을 유지하기 위해 기도 마스크백을 짜주는 행위)으로 호흡이 유지되었다. 모든 의료진이 동원되어 번갈아 가면서 심장마사지를 시행했으나 환자의 심장은 그대로 멈춘 채더 이상 뛰지 않았다. 결국 환자는 사망했다.

시계를 보니 7시가 넘어가고 있었다. 나는 일을 마무리하고 피곤한 몸으로 응급실 밖으로 나섰다. 아까 사망한 환자의 친구가 응급실 밖에서 담배를 피고 있었다. 우연히 눈을 마주쳤고 우리는 자연스럽게 대화를 시작했다. 자신의 아버지가 의사였다는 이야기를 하면서 시작된 대화는 꼬리를 이어 환자가 응급실에 온 사연까지 들게 되었다. 사연인즉 이러했다.

환자는 40대에 서울에서 사업에 실패했다. 세상에 대한 원망과 분노를 가슴에 담고 전남 평도라는 작은 섬에 내려가 절벽 같은 곳에 집을 짓고 세상을 등진 채 살았다. 한편 강원도에서 일하는 이 친구는 낚시를 좋아해서 평도까지 내려가 낚시를 했는데, 그때 환자를 우연히 알게 되어 2~3년에 한 번씩 만나던 사이였다. 그런데 어느 날 환자가 강원도까지 찾아와 친구에게 전화를 했다는 것이다. 류마티스 관절염을 앓게 된 환자가 나중에는 관절염이 심해져 음식도 못 해 먹을 정도가 되어, 설악산에 사는 친구에게 도움을 청하러 온 것이다. 친구는 환자를 따뜻하게 맞았다. 환자를 집에서 재워주고 먹여주고 병원 치료를 해주며 3년이 지났다. 환자는 관절염이 어느 정도 회복되었고, 전날은 기분이 좋아 함께 드라이브를 나왔을 때 환자의 흉통이 발병해 원주기독병원 응급실까지 오게 된 것이다.

그 사연이 드라마 속 이야기 같아 나는 넋을 놓고 들었다. 그리고 내가 물었다.

"아니 어떻게, 가족도 있는 집일 텐데 함께 사실 생각을 다 하셨어요?"

친구의 대답이 명언이었다.

"저를 자신이 기댈 작은 언덕이라고 생각했나 봅니다."

작은 언덕이라, 3년간 먹여주고 재워주는 생명의 보루가 되어주었던 친구가, 스스로를 '작은 언덕'이라 비유했다. 이 말에 나는 마음이 동해서 그 길로 환자가 살았다고 하는 평도에 내려가기로 마음먹었다. 집에 들르지도 않고 곧장 고속버스터미널로 향했다. 고속버스를 타고 광주까지 간 후 여수행 시외버스를 탔다. 물어 물어 평도로 갈 수 있는 항에 다다랐더니 늦은 오후였다. 평도로 곧장 가는 직항 배는 없었고, 섬 몇 군데를 거쳐서 가는 배가 있었다. 평도 누구네 집에 가느냐는 질문을 여러 번 받으며 거주 세대가 몇 집 없는 작은 섬이라는 걸 짐작했다. 항 직원은 마지막 배가 이미 출발했다고 했다.

어쩔 수 없이 나는 여수에서 하루 밤 묵고 다음날 아침 다시 항구에 찾았다. 그러나 배를 타지는 못했다. 태풍이 올라오면서 며칠간 배가 못 뜬다는 소식이었다. 세상을 등 진 사람이 절벽 위에 지었다는 작은 집을 보고 싶었지만 아쉬움을 가지고 돌아와야 했다.

'작은 언덕'이라는 말은 의사 생활 내내 나에게 '어렴풋한 방향키' 같은 것이 되었던 것 같다. 이름난 명의가 되지는 못하더라도, 유명 저널에 논문을 1년에 한 편씩 척척 써내지는 못하더라도, 근사한 의사가 될 수 있다는 희망이 생긴 것이다. 사람들이 믿고 기댈 수 있는 작은 언덕 같은 사람이 되는 것. 이건 내가 노력하면 될 수 있는 달성 가능한 목표다.

평도행 배를 놓치고 여수에서 보냈던 바로 그날 밤, 나는 사람들이 의사들을 바라보는 시선을 느꼈다. 근사한 언덕이 될 것만 같은 예감이랄까. 배를 놓치고, 저녁을 먹으려고 들어간 허름한 삼겹살집. 혼자서 삼겹살을 구워 먹는 내가 안쓰러웠는지 주인아주머니가 앉아서 구워주었고, 우리는 술을 한잔하면서 이런저런 얘기를 나누었다. 내가 의사라고 하니 아주머니가 몹시 좋아했고, 식사가 끝나갈 무렵 우린 제법 친해졌다. 아주머니는 가게도 끝났으니 나에게 노래방을 함께 가자고 했다. 자기 딸도 근처에 있으니 부르겠다고 했다.

기분은 좋았으나 나는 거절할 수밖에 없었다. 선한 사람들인 것은 분명하나 오늘 처음 만난 사람과 노래방에 간다는 것은 너무나 낯선 일이었다. 그리고 또 한 가지, 그때까지 괜찮게 쌓인 의사 이미지가 내 탬버린 솜씨로 훼손되지 않을까 하는 걱정도 있었다(병원 회식 때는 썩 괜찮은 탬버린 주자였지만). 게다가 개다리 춤까지 나오면 '근사한 언덕'의 이미지가 슝 하고 사라지는 건 시간문제니까.

마지막

안부

거하게 술을 들이켰던 밤이 길었던 다음 날 아침, 출근길 택시 안이었다. 마스크가 몹시 불편했다. 대중교통수단을 이용할 때 마스크는 에티켓을 넘어 승차권 같은 분위기라 택시 안에서는 마스크를 꼭 착용하고 있어야 했다. 머릿속 모공과 이마에서는 쉴 새 없이 땀방울이 송알 송알 맺히고 데구르르 얼굴로 굴러떨어졌고, 땀방울은 금새 마스크 속에 가득찼다. 마스크를 살짝 벗겨 얼굴을 휴지로 훔쳐냈지만, 잠시뿐이었다. 땀방울이 콧등을 비껴서 입술 주위로 내려가면 턱선에서 막히고 정체되었고, 귓 바퀴 뒤에서 하강하던 땀방울마저 (이상하게도) 마스크 선을 타고 턱선까지 내려왔다

술을 새벽까지 마신 탓에 뱃속에서는 부글부글 대장이 꿈틀거렸고, 아랫배에 진통이 몰려왔다. 나는 온몸과 영혼의 에너지를 한 곳에 집중하고 있었다. 도저히 이대

로는 안 되겠다 판단하여 기사님께 말했다.

"기사님, 죄송하지만 화장실 좀 들를 수 있을까요?"

백미러를 통해 바라본 기사님의 눈빛은 선량했고, 나의 고통에 깊이 공감하고 있었다. 기사님은 조금만 기다리면 화장실에 내려드릴 수 있다고 친절하게 말하면서 액셀을 밟았다. 차의 속도가 빨라지는 것을 느끼면서 나는 내가 곤란한 일을 당하면 안 되는 중년의 어른으로 대접받고 있다는 느낌을 받았다.

택시가 시내의 어느 중소병원의 입구에 잠시 섰을 때 나는 총총걸음으로 건물로 향했다. 정문에 '출입금지'라는 표시와 함께 입구는 주차장 방향의 쪽문을 이용하라는 지시문을 보았을 때만 해도 눈치채지 못했다. 생각할 겨를이 없었으니까. 그러나 건물 정문을 돌아 측면의 입구로 들어섰을 때 난 몹시 당황하지 않을 수 없었다. 테이블 두 개가 로비 입구 방향으로 놓여 있고 직원 두 분이 나와 있었다. 발열 체크 및 신원을 확인 후 입장을 허락하는 것이다.

맙소사. 아까 지나친 주유소로 갔어야 하는데! 후회했지만 소용 없었다. 나의 몸 상태는 말 그대로 응급상황이다. 아무도 모르게 해결하고 사라지고 싶었던 계획은 무산되었지만, 그렇다고 물러설 곳도 시간도 없다. 로비 중

앙으로 직진했다. 어떻게 오셨냐는 질문에, 화장실 좀 써도 되냐고 씩씩하게 되묻는데, 직원은 발열 체크도 안 하고 손가락으로 방향을 알려주었다. 이마에 맺힌 땀방울과 비장한 눈빛은 이미 다른 원인으로 인해 충분한 열이 나고 있음을 말해주었던 것이다. 화장실로 뛰다시피 걷고 있는 내 뒤통수에 대고 아까 그 직원이 소리쳤다.

"거기 폐쇄구역이니까요. 나오실 때 꼭 불 끄고 나오셔야 합니다!"

일을 모두 마치고 나니 정신이 돌아왔다. 지금 내가 있는 곳이 어드메뇨. 아무도 모르게 나갈 길 없다더냐. 화장실 문을 열고 나와 다시 그 로비를 지나가야 한다는 생각을 하니 마음이 씁쓸해지고 정신이 아득해져 발걸음이 차마 안 떨어졌다. 그나마 마스크가 있다는 것이 얼마나 커다란 위로였던지, 나는 마스크를 복면처럼 덮어쓰고 건물을 빠져나왔다. 마스크는 불편하기도 하지만 때때로 커다란 위로를 주기도 한다.

택시 기사의 도움으로 무사히 직장에 도착하여 일과를 시작했지만, 몸은 몹시 피곤했다(기사님은 친절하게도 건물 앞에서 내가 일을 보고 나올 때까지 기다려주었다). 특히 시간이 지나면서 점점 증상이 뚜렷해지는 오심 증상! 내장이 꼼지락거리면서 보내는 신호는(겪어본 사람들은 틀림없이 동의

할 것이다) 세상에서 고통스러운 증상 중의 하나로 '울렁거린다'라고 표현한다. 호흡기내과 의사로서 살다가 가장 아쉬울 때가 이런 날이다. 울렁거리는 내장을 달고 일을 해야만 하는 날. 쉬고 싶다고 맘대로 쉴 수 없다는 것을 새삼 깨닫는 날, 말이다. 숨을 쉰다는 것은 울렁거리는 것 이상으로 중요한 문제라서 내 속이 울렁거린다고 숨이 찬 환자더러 내일 다시 만나자거나 하루만 숨 좀 참아보라고 할 수는 없는 것이다. 특히나 20여 명의 입원환자 중에는 숨 쉬는 게 어려워서 생명이 위태로운 중환자가 몇 명씩 있기 마련이다.

그리하여 나는 울렁거리고 피곤한 몸을 끌고 오전 외래 진료를 한 후에 회진을 했다. 터벅터벅, 걸을 때마다 창자가 자신의 위치와 움직임을 뇌로 전달하는 것 같다. 고통스럽다. 그러나 한 걸음, 한 걸음 나아가야 한다. 환자를 위하여 걷는 것을 해내고야 마는 '나는 의사다.' 직업적 소명감을 이럴 때 발휘한다는 것이 좀 면구하지만. 뭐 어쩔 수 없지 않은가. 술병은 병이 아닌가. 의사는 술도 못 먹나.

병동 회진을 마치고 마지막 병실인 중환자실로 들어섰다. 70대 여성 환자 한 분이 폐렴이 패혈증으로 진행하면서 의식을 잃었는데, 이틀 전에 의식이 돌아왔다. 통증에만 미약하게 반응을 할 수 있는 혼미 상태였는데, 간단한 의사소통을 할 수 있을 정도로 의식이 호전된 것이다. 그러나 폐렴은 점진적으로 악화하고 있는 과정이었기 때문에, 머지않아 다시 의식이 악화할 것이 예상되는 상황이었다. 환자는 수년 전부터 여러 가지 지병과 만성적인 통증에 시달려온 터라, 가족들은 상태가 악화하더라도 인공호흡기 치료는 하지 않기로 한 '서명(연명치료 거부 동의서)'을 해놓은 뒤였다.

햇수로 5년 이상 환자를 보아왔고, 수차례 환자의 입원 주치의 였기 때문에 환자의 의학적 정보뿐 아니라 정서적으로도 통하는 정(精)통(通)한 사이였다. 외래 진료를 보러 오실 때면 진료실 문을 열고 들어오면서 환자는 항상 이렇게 말했다.

"선생님, 아파 죽겠어요. 뭐 좋은 거 없어요?"

그럼 나는 "있으면 벌써 드렸지, 제가 숨겨놓았겠어요?"라고 대답했다. "왜 숨이 차죠? 선생님이 어떻게 못 해요?"라고 물을 때는 얄미운 생각도 들어서 "네, 지금 어떻게 해보고 있잖아요"라고 말하기도 했다. 한번은 내가 "안녕하세요?"라고 인사하자, "안녕하면 여기 왔겠어요?"라고 대답하여 나를 당황하게 했던 사람이다. 진료실에서 환자는 나에게 솔직했고, 이런 저런 투정과 불만도 어렵지 않게 털어놓는 관계였다.

2중 문으로 된 중환자실 문을 열고 들어섰다. 지문인식으로 열게 되어 있는 안쪽 문은 수차례 엄지손가락의 위치를 바꾼 후에야 열렸다. 속이 울렁거리니 손가락도 컨트롤이 쉽지 않았던 것 같다. 환자의 병상으로 먼저 찾아갔다. 아직 의식이 있었고, 환자는 나와 눈인사를 했다. 산소마스크로 최대 용량이 유지되고 있었고, 환자는 호흡이 전날보다 더 가빠졌다.

"많이 아프지는 않으세요?"

내가 물었다. 당연히 많이 아프다는 대답이 돌아올 것이라 예상했는데, 다른 환자는 다른 말을 했다.

"선생님 얼굴이 왜 노래요?"

내가 제대로 들었나 싶어 다시 물었다. 마스크로 산소가 공급되는 소리 때문에 목소리가 겨우 들렸지만 확실히 같은 말을 했다.

"선생님 얼굴이 왜 노랗냐고."

나는 괜찮으니 내 걱정은 안 해주셔도 된다고 귓가에 큰 소리로 대답해주고 나왔다. 그리고 환자는 이틀 후 사망했다.

내 얼굴이 노란 정도는 아니었겠지만, 평소 같지 않았던 것은 분명했다. 그리고 환자는 자신의 극심한 호흡곤란보다는 나의 안부를 물었다. 항상 자신의 통증에 대해

투덜거리던 환자였는데 그날만큼은 의학적으로 잘 설명이 되지 않을 정도로 의식이 돌아와서는 나의 얼굴 변화를 감지하고 무슨 일이냐고 물은 것이다. 그것이 마지막 대화가 되었는데, 나는 그날 환자와 대화가 참으로 감사하다. 큰 선물을 받은 것 같다. 어떤 기억은 그 자체로 재산이어서 곱씹을 때마다 구수한 맛이 느껴지고 마음이 따뜻해진다.

생각해 보면 누군가에게 무언가를 베푼다는 건 거짓인 것 같다. 누군가에게 위로를 줄 수 있는 특별한 위치라는 것도 달리 없는 것 같다. 내가 뭔가를 해주고 있다는 자선 의식과 허세와 저렴한 자존감을 지키려는 것이 소명의식이라면 그런 건 버려야 하지 않겠나. 세상에 일방적으로 자선을 베푸는 사람은 없다. 다만 여기 이 자리에서 함께 살아갈 뿐이다. 주는 것 이상으로 받기도 하면서.

환자의 시간, _____

의료진의 시간

84세 할머니.

"기침을 자꾸 해요. 오래되었어요."

"네, 얼마나 되셨어요?"

"오래되었지. 글쎄, 이게 없어지질 않아요, 아침이면 더 심하다니까."

"아니, 얼마나 오래 되셨냐고요."

"글쎄, 오래됐다니까. 10년도 더 됐어, 한 참 더 됐지."

34세 여성 환자.

환자는 진료실에 앉자마자 묻기도 전에 입을 열었다.

"기침이 오래가요. 이런 적이 없었는데, 먼저 개인병원 갔었는데, 약을 먹어도 낫질 않는 거예요. 주사 맞아도 통 소용이 없고…."

"얼마나 오래되신 거죠?"

"지난주 월요일에 직장 끝나고 집에 갔더니 조금 오한이 있더라고요. 그러더니 화요일부터 기침이 시작되는 거예요."

"네, 그럼 열흘 정도 되신 거네요."

16세 중학생 남자 환자.

교복을 입은 아이가 앉았고, 아이의 엄마는 뒤에서 불안한 표정으로 서 있다. 어디가 아프냐는 내 질문에 아이가 대답했다.

"목에 뭐가 걸린 것 같아 아파요."

"다른 증상은요? 콧물, 코막힘은 없나요?"

"잘 때 코가 막혀서 잠을 잘 못 자겠어요."

아이가 대답하는데, 뒤에 어머니가 아이의 어깨를 툭 찌른다.

"쫴! 오래되었다고 말해야지. 학교도 못 가고… 에휴."

"오래되었어요? 얼마나 되었죠?"

"5일이요."

시간이라는 감각은 고무줄 같아서 사람마다 시간에 대한 속도감이 다르다. 특히 나이가 어릴수록 시간이 느리게 가고, 노년층에서는 시간이 지나가는 속도가 빠르다. 그래서 노인들은 흔히 시간이 쏜살같다고 말하기도 한다. 시간의 속도는 우리의 삶이 부딪히는 사건들, 생생하고 신선해서 기억으로 남는 사건의 수에 영향을 받는다. 몸과 정신이 얼마나 많은 사건을 경험하느냐에 따라 시간의 속도감이 달라지는 것이다. 나의 경험으로 보건데, 내 생애의 시간은 20대까지는 점점 느려지다가 30대부터는 빨라지고 있다. 나이가 가리키는 숫자만큼 시간의 속도가 변화한다는 세간의 말은 사실인 것 같다.

비유하자면 계곡을 통과하는 물의 속도와 같다. 수로에 존재하는 바위와 나무 등 흐름이 부딪히는 지형지물이 많을수록 물은 더디게 흘러간다. 삶이 감각하는 시간의 속도는 삶이라는 흐름을 방해하는 사건들이 많을수록 더디게 지나간다. 그날이 그날 같은 80대 노인에게 있어서 10년은 '오래'라는 말로 치환될 수 있지만, 30대 여자 환자의 삶의 속도감으로서는 불과 10일 정도의 시간도 '오래'라고 표현할 수 있는 것이다. 시험공부를 해야 하는 학생에게 5일은 너무나 오랜 시간이며, 자식이 학교에 가지 않아 걱정인 학생의 엄마에게는 '꽤 오랜' 시간이다.

몇 년 전 90이 넘은 할머니를 진료할 때였다. 할머니는 '오래'전에 책상 모서리에 가슴을 부딪쳐서 아픈 것 같다고 말했다. 그게 언제적 이야기냐고 되물었더니 할머니가 말했다.

"그때가 일사후퇴 때였지, 아마?"

그리스인들에게는 '시간'을 뜻하는 말이 두 가지다. 하나는 누구에게나 동일하게 흘러가는 시간을 말하는 '크로노스'이고, 다른 하나는 사람마다 주관적으로 적용되는 시간인 '카이로스'다. 시곗바늘 속도에 맞추어 흘러가는 시간을 크로노스 시간이라고 한다면, 사람의 주관적 감정이나 경험 때문에 다르게 느껴지는 것이 카이로스의 시간이다.

병원은 이 두 가지의 시간이 서로 부딪히는 공간이다. 중증의 질환을 가지고 있는 환자와 가족들의 시간은 천천히 지나간다. 병마와의 힘든 싸움과 몸의 통증과 감정적 사건들이 폭풍처럼 짧은 시간 동안 휘몰아치지만, 그것을 겪어내는 환자와 가족들이 느끼는 시간은 더디고 힘들기만 하다. 반면에 의료진에게 병원은 조금 다른 의미다. 병원은 '직업' 활동의 공간이다. 생계를 위해 일을 하는 곳이며 삶의 대부분의 시간을 보내는 '일상'의 공간이라 의료진의 시간은 '크로노스'다.

병원에서 일어나는 대부분의 갈등과 충돌은 이런 다른 시간대가 공존하며 발생하는 경우가 많다. 외래 진료를 받는 환자들이 가장 흔히 가지게 되는 불만 중 하나가 '의사들이 내 증상을 진지하게 받아들이지 않는다'는 것이다. 며칠을 두고 걱정 끝 고민 끝에 병원을 찾았지만,

의사는 검사도 하지 않고 괜찮다고 말한다.

중증의 환자를 간병하는 가족들은 의료진에게 불만을 토로하는 경우는 흔하다. 가족들은 가족의 통증 또는 불편함을 토로하지만 의료진이 무시한다고 생각하기도 한다. 의료진이 볼 때는 대단하지 않은 문제라고 생각하고 시간을 두고 지켜봐야 한다고 판단할 수 있지만, 이미 질환 자체를 충격으로 받아들였던 가족들에게 지켜보아야만 하는 그 '시간'이 너무도 길다.

전공의 때의 일이다. 나는 오랜만에 만난 고등학교 동창 H와 꼬치집에 앉아 술을 따랐다. H는 졸업 후 회사원이 되었고, 아버지가 중환자실에 입원하는 바람에 보호자로 병원을 찾았다가 나를 우연히 만났다. 당시 나는 다른 중환자실 환자의 보호자와 대화를 하고 있었다. 나와 보호자와의 대화를 지켜보던 H가 나의 자세가 인상 깊었던지 꼬치집에서 술을 몇 잔 들이킨 후 나를 추켜세웠다.

"야, 너 정말 대단하더라. 어떻게 그 상황에서 숫자들이 그렇게 나올 수 있냐."

나는 이 칭찬을 들으면서 머리를 한대 쾅 얻어맞은 것 같은 느낌이 들었다. 친구는 나의 냉철함과 숫자를 놓지 않는 수학적 이성을 좋게 평가했지만, 그 말은 내게 '내가 얼마나 보호자와 다른 언어를 사용했는가'를 지적하는 혹평으로 들렸던 것이다. 당시 나와 보호자는 대화가 잘 안되어 같은 말을 반복하고 있었다. 보호자는 중환자실에 입원한 아내가 꼭 살아야만 한다고 말했고, 나는 질환의 사망률 통계를 언급하며 사망 가능성을 설명했다.

대화의 내용으로 보자면 문제는 없었다. 환자의 가족들은 당황했지만, 나는 가족의 감정에 동요되지 않으면서 의학적인 설명을 했다. 그러고는 뭔가 찜찜한 채로 대화를 마쳤다. 귀가 없는 벽에다 말한 느낌이랄까. 이 느낌은 상대방도 마찬가지였을 것이다. 우리는 다른 시간대를 경험하고 있었기 때문이다. 일상적 일과를 수행해야 하는 나와 불안과 충격에 빠진 보호자는 각기 다른 시간을 살고 있다. 그 사람은 앞으로의 며칠 동안 걱정과 두려움은 평생 잊을 수 없는 고통스러운 시간을 살 것이다. 그런 카이로스의 시간으로 진입한 사람에게 크로노스 시간대의 언어를 그대로 사용한다는 것은 서로 다른 언어를 사용하는 것과 마찬가지다.

의사가 환자와 함께 고통스러워해야 한다는 것은 아니다. 다만 대화를 위해서 시간의 간극을 좁혀나갈 수 있는 전처치가 필요하다. 환자의 갑작스러운 병세 악화 소식에 보호자가 얼마나 당황스럽고 불안한지 의료진이 알고 있다는 메시지가 전달되어야 한다. 그런 접근이 이루어지면, 비록 환자가 사망할 가능성은 있지만 의료진이 최선을 다하고 있음을 보호자가 느끼게 된다. 똑같은 무게의 시간을 살지는 않더라도 적어도 우리(환자와 의료진)는 같은 편이라는 생각을 하게 된다.

쫄깃쫄깃한

힘

9월 29일 화요일.

　'쫄깃쫄깃하다'는 말은 대단히 잘 만들어진 말이다. 어원을 알 수는 없지만, 쉽게 추측할 수는 있다. 먼 옛날 누군가 쫄깃쫄깃한 음식을 먹으면서 만들어낸 말일 것이다. 단어의 창작자가 한 명이 아닐 것이라고, 역시 '쉽게' 짐작할 수 있다. 한 지방에서 발생하여 분포된 것이 아니라, 여러 지방에서 동시다발적으로 발생했을 가능성이 크다. 이런 나의 추측을 의심하는 분들께 고언을 드린다. 쫄깃쫄깃한 것을 씹으면서 거울을 보시라. 쫄깃쫄깃. 쫄깃쫄깃. 소리를 내지 않고 먹기만 하는데도 소리가 들리는 것 같다는 것을 느낄 것이다. 나는 이번 추석에 다시 느꼈다. 송편을 한입 베어 물고 씹는데 너무나 쫄깃쫄깃하다. 거울을 보면서 먹어보는데, 입 모양이 쫄깃쫄깃이다. 야! 이 단어는 진짜 잘 만들었다.

기가 막히게 쫄깃쫄깃한 송편. 내가 추석에 고향에 못 간다는 것을 알았는지 환자의 보호자가 연휴가 시작되기 전날 건네주었다. 손수 빚어 찐 송편을 외래 간호사 두 명과 내 것까지 총 세 봉지를 들고 안심 진료소로 찾아왔다. 얼마나 감사한가.

보호자는 20년 전 뇌출혈로 쓰러져 침상 생활을 하는 아들의 어머니였다. 아들이 쉰 살이 넘었으니 어머니는 70대 중반은 되었을 것이다. 아들은 한 달에 한 번 나에게 외래 진료를 받으러 와야 했는데, 어머니는 며느리와 함께 아들을 휠체어에 태워 왔다.

얼마나 고단한 삶이었을까. 20년 전, 아들이 장성하여 가정을 꾸렸으니, 어머니는 한시름 놓을 시점이었다. 그런데 아들이 갑작스러운 뇌출혈로 사지마비가 되자 가정을 건사하기 위해 며느리가 일을 해야 하니 아들의 가족은 어머니의 집으로 들어왔다. 이후 부모님은 간병인 역할을 해야 했다. 하루에 몇 번씩 체위변경을 해주고, 끼니 때마다 레빈튜브(코로 삽입하여 위까지 밀어넣은 튜브)로 유동식을 투여해야 했다. 부지런하지 않으면 욕창이 생겼고, 가래를 제때 뽑아내지 못하면 폐렴이 생겼다. 이 생활이 20년째다(20년이면 거의 한생 아닌가). 그사이 아들은 몇 번의 폐렴으로 입원하여 생사를 거는 싸움을 했다.

6년 전 어머니가 내 앞에서 자신의 삶에 대해 하소연

했던 날, 나는 물었다.

"그렇게 험한 세월을 지나셨는데, 얼굴이 밝으셔요."

어머니가 대답했다.

"내가 미쳤지. 미친 척하는 거여."

어머니의 미친 척에도 한계가 있는 것인지, 아니면 내가 특별히 알아보는 것인지 가끔은 어머니의 얼굴에서 고단한 삶의 무게를 느낀다. 호탕하게 웃던 얼굴에서 이제는 애써 짓는 미소가 보이는 것이다. 그러나 나는 그조차도 존경스럽다. 나의 멘탈과 내공으로는 어림없는 일이다.

송편을 씹는데, 심장이 쫄깃쫄깃해지고 가슴이 촉촉해진다. 아들을 돌보는 의료진을 생각하며 송편을 빚고 찌고, 손수 가져다주는 손길이 아름답다. 이것은 '미친 척'이 아니고 '인간인 척'이 아닐까. 볼 때마다 나 자신이 작아지고 힘이 되는 분이다. 이 은혜를 어찌 갚을까 싶다.

11월 28일 토요일.

오전 근무가 모두 끝나고 퇴근할 준비를 할 무렵이었다. 간호사에게서 연락이 왔다.

"선생님, ○○○ 환자분 보호자한테서 연락이 왔는데요. 입안에서 콧줄이 꼬였는데 어떡하냐고요."

쫄깃쫄깃한 송편을 전해준 바로 그 어머니의 아들 이

야기였다. 오전에 환자가 내원해 흉부 방사선 사진도 찍고 콧줄도 교체하고 약도 타 갔다. 여러 사람의 도움을 받아 환자가 병원에 다녀갔는데, 몇 시간도 되지 않아 콧줄이 말썽을 일으켰나 보다.

콧줄은 코와 목구멍을 지나 식도를 통해 위까지 도달해 있어야 한다. 입에서 콧줄이 꼬였다는 이야기는 콧줄이 위까지 도달하지 못했다는 것이고, 그대로 유동식을 투여하면 자칫 기도로 음식물이 넘어가서 질식할 수도 있고 폐렴이 생길 수도 있다. 콧줄을 재삽입하러 병원에 다시 오자니 도와줄 사람이 없고, 그냥 두자니 휴일인 오늘과 내일 환자를 온전히 굶기게 되는 것이다.

나는 직접 전화를 건네받았다. 환자 아내 되는 분이었다. 본인과 환자 단둘이 집에 있다고 했다. 마침 거의 퇴근 시간이 가까워오고 있었고, 환자의 집은 병원 근처였다. 내가 가겠노라 했고, 보호자는 거절할 수 있는 상황이 아니었다. 그래서 나는 생애 첫 번째 왕진을 하게 되었다. 레빈튜브와 시린지(주사기), 청진기, 콧줄 그리고 고정용 종이테이프를 챙겨 병원을 나섰다. 집 근처에서 전화하니 환자 아내가 외투도 안 걸친 채 뛰어나왔다.

다행히 집은 1층이었고, 집 안까지 들어가는 길에는 계단을 없앤 경사로를 만들어놓았다. 환자를 휠체어로 옮겨 병원까지 이동하려면 엘리베이터나 계단을 이용할 수 있는 상황이 아니었으니까. 일부러 이사를 해서 공사를 한 것 같았다.

집 안에 들어서자마자 환자가 있는 방으로 들어갔다. 우리는 손발이 잘 맞았다. 환자 아내는 간호사 역할을 했고, 나는 의사 역할을 했다. 레빈튜브 삽입은 인턴 때부터 수도 없이 해왔던 처치다. 나는 콧줄을 갈아 끼우고 입안에서 콧줄이 꼬였는지 몇 번이고 확인했다. 확인하는 방법은 간단하다. 콧줄의 한쪽 끝은 코 밖으로 나와 있고, 다른 한쪽 끝은 위에 들어가 있는 것을 확인하면 된다. 준비해 간 시린지를 이용해 바깥으로 이어진 튜브로 공기를 주입하면서 청진기로 배에 대고 '꼬르륵' 공기가 들어오는 소리를 확인하는 것이다. 소리가 잘 들리면 콧줄이 위에 잘 위치했다는 신호다.

신호를 확인한 후 "잘 들어갔네요"라고 내가 말하자 환자 아내가 능숙하게 종이테이프로 콧줄을 코에 고정했다. 환자가 할 수 있는 최대의 의사 표현은 미소를 짓는 것이었는데, 오늘 환자는 웃지 않았다. 아마도 내가 집까지 찾아왔다는 것에 대한 미안한 마음 때문인 것 같았다.

오늘은 금식하는 게 좋겠고 내일부터 경관식이(관으로 공급하는 액체 상태의 식사)를 해보라고 말한 뒤 나오려는데 환자 아내가 내 소매를 잡았다.

"아이고 선생님, 여기까지 오셨는데 죄송해서 어떡해

요."

환자 아내는 부산스럽게 냉장고를 뒤적이더니 단단하게 얼린 떡 한 봉지와 옥수수 한 봉지를 꺼내 종이봉투에 담았다. 형편도 어려운 분들이 뭘 또 그렇게 주려는지, 받지 않고 도망갈까 생각했지만 그건 또 예의가 아닌 듯해 종이봉투를 건네받았다.

"뭘 또 이런 걸 주시고 그래요."

집 밖으로 나서는데 공기가 시원했다. 어려운 일 하나 해결해드렸다는 사실에 마음이 가벼웠고, 왠지 모를 에너지에 몸이 가벼웠다. 쫄깃쫄깃한 힘이 도는 느낌이랄까.

돌아가다

며칠째 회진을 돌 때마다 할머니의 어깨를 두들겨주었다. 한번 우연히 어깨를 주무르듯 어루만졌는데, 할머니의 반응이 의외로 좋아서 시작된 일이었다.

"아유, 시원해. 두드리기 전에는 아팠는데, 두드리니까 이젠 시원해."

안으로 굽은 좁은 어깨에는 사실 두드릴 공간도 없다. 한두 뼘 정도의 작은 등과 어깨. 탁탁 소리를 내며 두드려주면 할머니는 자다가 일어나도, 눈을 감은 채로 시원하다고 인사를 한다. 내가 말한다.

"눈은 뜨고 말씀하세요. 할머니, 해가 떴어요. 눈도 뜨세요."

눈두덩이에 늘어진 살 때문에 할머니는 입까지 벌리며 과장된 표정을 해야 검고 촉촉한 눈동자가 실처럼 드러난다. 아침마다 숨이 차서 색색 숨을 몰아쉬어야 하는

난치성 천식 환자가 개미 같은 목소리로 시원하다고 말하고 몇 마디 덧붙이는데, 다행히 살집이 있는 편이라 두드리기 좋고 '탁탁' 소리도 경쾌하다.

할머니는 어느 날은 "아유 시원해. 이렇게 시원한데 오래 살아야지. 2백 살까지 살 거야"라고 말했다가도, 어느 날은 "아유. 힘들어. 하나님은 왜 안 데려가나. 빨리 죽어야지"라고 말했다.

"할머니, 2백 살까지 살겠다고 그러신 분이 2년도 아니고 2주도 못 버티고 죽겠다고 해요? 힘 좀 내보세요. 백 살까지만 삽시다, 예?"

할머니는 올해 88세니까 12년, 한 바퀴만 돌면 백 살이다. 그날 아침에 겪은 호흡의 고통은 순간순간 버티는 게 버거웠을 것이다. 2백 년 살고 싶다던 패기는 순간의 고통 속에 소멸된다. 할머니가 대답했다.

"싫어, 빨리 가야지."

그래도 회진의 마무리에는 긍정적인 메시지를 전해야 하니, 나는 어깨를 몇 번이고 더 두드리며 말했다.

"이 마사지는 공짜로 드립니다. 힘내셔서 백 살 채우시라고 서비스 드리는 겁니다. 기운 내세요."

이런 대화를 나누다 보면 우리가 죽음을 너무나 편하게 생각하고 있다는 사실을 알게 된다. 주말에 예약해둔 영화관람이나 여름 휴가지 행선지를 정하듯 우리는 죽

음을 침대에 앉아 있는 환자의 발 앞에 내놓고 밀고 당긴
다. 인간의 운명이며 불안의 근원인 죽음을 이리도 쉽게
꺼내 흔들어도 되는 것일까. 이것은 필시 죽음에 딸린 삶
의 무게까지도 가벼이 여기고 비하하는 경박한 행동이
아닐까.

아니다. 죽음은 결코 특별한 것이 아니다. 죽음을 피해
갈 수가 없어서 모두가 겪는 것이라는 점에서 평범하다.
137억 년의 우주의 대부분의 기간에 나는 존재하지 않았
고, 지구별 한쪽 귀퉁이를 제외한 우주 대부분의 공간에
나는 존재하지 않는다는 점에서 죽음보다는 삶이 더 특
별하고 예외적이다. '나'라는 관점을 벗어나 냉정히 생각
해보자. 죽음은 당연하고 평범하고 시시하고 끝도 없이
이어지는 일상(日常)이라면, 삶은 나른한 오후 깜박 조는
가운데 스쳐 지나간 단꿈이랄까.

할머니와 대화를 나누다가 언젠가 나도 저 자리에 앉
아 있을 것이라는 생각을 했다. 나도 그날 아침의 기분에
따라 다가올 죽음이 2백 년 후가 될 것 같기도 하고, 당장
오늘을 넘기기 어려울 것 같은 변덕을 경험할 것이다. 그
날 아침의 관절통과 호흡곤란의 고통이라면 차라리 고통
없는 죽음을 택하고 싶다는 생각이 들 날이 올 것이다.
다만 아직 내게는 시간이 비교적 많이 남아 있다. 난 아
직 8층 정도의 계단을 걸어서 올라갈 수 있고, 흡입제 없

이도 뛰어다닐 수 있는 폐활량이 있다. 다만, 어깨가 결리고 누웠다가 일어설 때 "아이구" 소리가 가끔 튀어나온다는 점 등으로 미루어볼 때 결코 느리지 않은 속도로 죽음을 향해 달려가고 있음을 안다. 죽음은 충분히 상상할 수 있는 평범한 것이며, 오늘 아침 또 하루의 생을 이어간다는 이 사실이야말로 가장 특별한 것이다.

페이스북을 통해서 화가 류장복의 전시회를 알게 되었다. 전시회의 주제는 한강 작가의 소설 『흰』이었다. 전시회의 시작일에는 오프닝 기념 공연이 있었다. '흰'을 배우가 낭독하면서 첼로 연주와 무용수의 춤이 함께 진행되면서 화가는 캔버스에 그림을 그렸다. 유튜브로 본 전시회였지만, 매우 인상적이었고 소설을 더 깊이 이해하는 데 도움이 되었다.

'흰'은 모든 색깔의 존재론적 바탕이다. 흰 바탕이라야 모든 색깔의 탄생과 궤적을 담아낼 수 있다. 무대 위에서 배우의 음성과 첼로의 선율과 춤사위는 그런 생명의 궤적을 드러냈고, 화가는 흰 바탕의 캔버스에 즉흥적으로 색과 선을 입혔다.

삶이란 '흰'이 상징하는 존재론적 바탕이 있어야 가능한 것이다. 캔버스의 가장자리를 알리는 검은색 테두리를 그으면 삶이 시작되는 것이고 붓질은 삶의 다양한 양태를 드러낼 것이다. 그림을 그린다는 것은 붓끝이 삶을 향해 열려 있다는 말이고, 그림의 배경이 흰 바탕이라는 점에서 모든 삶은 죽음을 향해 열려 있다. 작가는 오프닝 후기에 이렇게 썼다.

"형상은 열려 있다. 살아 있는 모든 것들이 그렇다. 궁극의 죽음을 향한 삶의 양태가 모두 그렇다. 붓끝 또한 열려 있어야 한다."

언젠가 붓질이 멈출 것이지만 그렇다고 흰 바탕이 소멸하지는 않는다. 죽음은 완전한 소멸이 될 수 없는 까닭이다.

2백 살까지 살겠다고 장담했던 할머니는 몇 주 후 돌아가셨다. 침대 발치에 서 있던 죽음의 사자가 할머니를 모시고 갔다. 평범하지만 무한한 가능성을 지닌 '흰' 곳으로 돌아갔다.

환자 의

멋

환자의 아들이 진료실을 찾아왔다. 우리는 폐렴으로 입원치료 받고 있는 아버지에 대해 이야기를 나눴다. 폐렴이 호전과 악화를 반복하다 보니 환자는 환자대로 지치고 가족들은 그런 환자를 보는 것이 고통이었다. 아들은 아흔이 넘은 아버지를 편하게 돌아가시게 해드리고 싶다고 했다. 가족들 모두 같은 의견이라고, 더 이상 고통 속에 사는 것을 보는 것도 힘들다고 했다. 나는 가족들 의견에 동의했고, 적극적인 처치는 일체 중단하기로 했다. 기관지내시경으로 가래를 뽑아내는 수고로운 처치도 하지 않기로 했고, 혹시 효과가 있을지 몰라 사용하던 고가의 항생제도 중단했다. 최소한의 수액과 콧줄로 투여하던 식사만 유지하기로 했다.

다음 날 회진을 돌 때였다. 바로 그 환자의 병실로 들어서는데 환자가 안경을 쓰고 있었다. 경관식이를 하는 콧줄에다가 산소를 공급하는 비강 캐뉼라까지 있으니 얼굴이 여러 선으로 복잡했는데, 그 위로 안경을 쓰고 있었다. 금빛 안경테가 할아버지의 황금빛 민머리와 잘 어울렸다. 이제 보니 아주 지적인 신사분 아닌가.

나도 모르게 "안경이 멋지셔요. 잘 어울립니다"라는 말이 튀어나왔다. 부적절한 표현이었다. 폐렴으로 고통받고 있고, 곧 돌아가실 날을 기다리는 분에게 안경이 멋지다니. 가족들이 들었다면 불쾌했을 수 있는 표현이었다. 나는 가족들이 주위에 없음을 확인하고 안도했다. 그런데 내 말에 할아버지 눈빛이 움직였다. 할아버지는 크고 검은 눈동자를 돌려 나를 또렷이 쳐다봤다. 평소에는 거의 반응이 없던 분이었는데, 처음으로 나에게 관심을 표한 것이다. 아마도 얼굴 표정을 움직일 힘이 있었다면 미소를 지었을 것 같다. 왠지 모르게 기분이 상쾌해졌다.

오늘 환자를 대할 때 달라진 것은 커다란 생각 하나를 내려놓았다는 것이다. 그것은 '살려야겠다'는 생각이다. 그 '의도'를 내려놓고 회진을 도니, 안경이 보였다. 그리고 '방정맞은' 입도 터졌다. 생이 얼마 안 남은 분에게 안경이 어울린다고 했다.

'죽음 앞에서 안경이 무슨 의미가 있는가'라고 물을 수도 있겠다. 그러나 며칠 안 남은 생이기에 더욱더 어떻게든 이 순간을 누리는 것이 중요하지 않겠는가. 몸에 걸친 하나라도 예쁘고 멋져 보인다면, 또 그것으로 웃을 수 있다면 그것이 지금 이 순간을 사는 방법이 된다. 키르케고르는 죽음을 받아들이고 나면 실존에 오롯이 집중할 수 있다고 했다. 맞는 말 같다. 예정된 죽음이 뚜렷하게 보이는 현장이었기 때문에 더욱 순간, '지금 이 순간'이 중요하다. 안경, 그것도 황금빛 이마와 어울리는 안경이 중요한 게 아니라, 안경이 어울리는 그 사람이 지금 여기 있다는 '실존'이 드러나는 것이 중요하다. 중요하다고 생각하는 문제에 집착하다 보면 정작 진짜 중요한 순간을 놓칠 수도 있다.

60대 중반 여성 환자분의 회진을 돌 때였다. 환자는 폐암으로 항암치료를 받고 있었고, 부작용으로 인해 머리카락도 빠지고 피부 트러블도 심했다. 병실에 들어서는데, 환자가 테이블 위에 올려놓았던 손가락을 오므렸다. 나중에 대화하다가 보이는 손가락 손톱에는 네일아트가 그려져 있었다. 병원에서 환자들을 위해 한 달에 한 번 네일아트를 해주는 행사를 했는데, 아마도 행사에 다녀온 모양이었다.

환자는 자기 손톱이 부끄러웠던 것일까? 적어도 나는 그랬을 거라고 추측했다. 생과 사를 가를 수 있는 중차대

115

한 문제인 항암치료를 받는 사람이 손톱과 같은 사소한 일에 관심을 가졌다는 것이 적절하지 않은 행동이라고 생각한 것 같다. 나 역시 못 본 척했다. 돌아보면 아쉬운 순간이다. 그 순간에 "손톱이 예뻐지셨네요"라는 말을 할 수 있었다면 참 좋았을 것이다. 환자도 나도 한순간 또는 몇 시간 동안 행복해질 수 있는 기회를 놓쳤다.

생각해보니 요즘 회진을 포함한 병원 생활이 부쩍 재미없다고 느끼고 있었다. 환자들과의 대화도 그렇고, 농담도 잘 안 한다. 머릿속에 온갖 다른 생각들이 가득하기 때문일 것이다.

두 달은 된 것 같다. 정치 소식을 들으려 정치 팟캐스트는 다 듣고 있다. 아침 출근 시간, 점심 시간, 퇴근 시간 모두 짬짬이 시간을 할애한다. 화가 나기도 했다가 흥분되기도 하고 시원해지기도 하는 마음들에 하루에도 정신 상태가 여러 번 들썩거린다. 스트레스 호르몬의 분비는 어느 때보다 왕성해져서 불면증도 더 심해졌다. 명이 단축되는 느낌이다. 그렇게 정신이 산만하다 보니 회진 때도 집중을 못 하는 것이다.

회식 자리에서 앞자리에 앉은 박과장에게 농담 삼아 물었다.

"야, 사는 게 왜 재미가 없냐?"

박과장이 말했다.

"생각이 많아서 그래. 술이나 마셔."

이 재미진 현답은 정말 아무 생각 없이 튀어나온 것인데, 두고두고 맞는 말이라서 잊히질 않는다. '생각이 많아서'가 문제다. 이것 때문에 지금 눈앞에 펼쳐지는 현실이 그냥 묻힌다. 생동감 있는 '순간'들이 으레 겪고 지나가는 따분한 순간이 되어버린다. 생각을 놓아야 현실에 집중할 수 있다. 거대 담론을 항상 머릿속에 넣어놓고 있을 필요는 없다. 한 명의 환자 앞에서는 더욱 그렇다. 경우에 따라서는 '살려야 한다'는 생각마저도 내려놓아야 한다.

우리는 흔히 많이 생각하는 문제가 중요한 문제라고 착각하는 오류에 빠진다. 우리의 골통은 작아서 쉽게 사소한 생각들에 점령당해버리고 만다. 사소한 것들이 골을 반복적으로 치면 세상 중차대한 골칫거리로 둔갑한다. 사실 따져보면 별것 아닌 것들이 내가 지금 존재하고 있다는 것을 압도해버리고 만다. 그래서 가끔은 정신을 리셋해야 한다. 아무것도 가지지 않은 채로 이 땅에 왔음을 다시 상기해야 한다.

회진을 돌 때 환자들의 얼굴을 오롯이 쳐다보았다. 집중하니 느낌이 다르다. 다 내려놓고 그저 얼굴만 바라보는 것이다. 그러면 할 말도 생기고 여유도 생기고 재미도 생긴다. 이참에 더 노력해보기로 한다. 좀 더 실존적 자세로 삶을 대하는 것이다. 여러 계산을 내려놓고 회진을 돌 것이며, 만나는 '얼굴'들에 집중할 것이며, 안경이 멋진 분 또는 손톱이 예쁜 분에게도 칭찬을 아끼지 않을 것이다.

맛

점심 식사를 딱 한 숟갈 떠서 입에다 넣었을 때, 전화가 왔다. 간호사의 목소리는 한 옥타브 올라가 있었다.

"선생님!!"

세 글자만으로도 충분했다. 굳이 응급이라고 얘기 안 해도 마음의 준비는 저절로 된다. 나는 식판을 들고 일어 났다. 예상대로 빨리 달려가야 하는 상황이었다. 음식을 음식물 수거통에 통째로 뒤집어 버리고 중환자실로 뛰어 내려갔다. 중환자실 내에 있는 음압 격리실에 입원 중인 환자였다.

유리 벽 너머로 간호사가 심장마사지를 하고 있는 것 이 보였다. 그사이에 심정지가 온 것이다. 빨리 뛰어 들 어가야 하는데, 망할, 음압실 이중문이 문제다. 문 하나를 열고 들어가면 뒤의 문에 닫혀야 앞의 문이 열리는 구조 다. 자동문 두 개를 차례로 열고 닫는 시간이 한없이 길게 느껴진다. 유리 벽 안에서는 심장마사지를 하느라 간호사 혼자 고군분투하고 있었다.

답답하기 이를 데 없는 이중문을 뚫고 나와 간호사 몇 명이 뛰어 들어갔다. 한 명이 가슴마사지를 하는 사이 다른 한 명은 에피네프린을 투여했다. 나는 기관삽관을 위해 후두경을 입안 깊숙이 밀어 넣고 들어 올렸다. 팔 힘이 달려 성대가 잘 보이지 않았다. 호흡을 가다듬고 더 힘껏 밀어 올리자, 성대 사이로 기관지가 보였다. 심장 압박 때문에 폐 속에서 나오는 바람이 이마를 적셨다. 튜브를 밀어 넣어 기도를 확보하고 인공호흡기를 연결했다.

나와 간호사 서너 명이 달려들어 10여 분간 심폐소생술을 하니 환자의 심장이 뛰기 시작했다. 그제야 정신이 돌아왔다. 코로나19로 인한 폐렴이 의심되어 음압실에 입원한 환자여서 보호복을 갖추고 들어와야 하는 공간인데, 모두가 마스크 하나만 걸치고 있었다. 심장이 멎은 환자 앞에서 입는 데만 몇 분이 소요되는 보호복이란 얼마나 사치인가. 질병관리본부장이 호랑이 같은 눈을 부릅뜨고 보호복을 입고 들어가야 한다는 지시를 했어도 따를 수 없었을 것이다. 그 와중에 나는 마스크 두 개를 겹쳐 끼는 노련함을 발휘했지만, 심폐소생술 중에 마스크가 고정이 안 되어 시야를 가리는 통에 하나를 벗어버리고 말았다.

간호사들의 머리는 땀에 젖어 이마에 착 달라붙어 있었다. 멋있었다. 땀이 때로는 가장 멋진 액세서리가 될 수 있다. 그나저나 이 일을 어찌해야 한단 말인가. 감염병 환자에게 모두가 노출된 상황이니, 환자의 검사결과가 양성으로 보고된다면 정말 큰일이다. 간호사 한 명이 물었다.

"선생님, 우리 다 격리되는 건가요?"

"격리 정도가 아니고, 우린 이미 다 걸린 거야."

다행히 수간호사가 환자의 검사 결과가 음성으로 보고되었다는 소식을 전했다. 두세 시간 더 있어야 보고될 것으로 예상하고 있었는데, 결과가 빨리 나온 것 같다. 환자는 코로나19가 아닌 다른 세균성 폐렴일 것이다. 우리는 격리실에서 특별한 조치 없이 나올 수 있었다.

그사이 점심 시간은 지나버렸다. 그날 중환자실에서는 세 번의 심폐소생술이 있었으니 정신없는 하루였다. 끼니를 채울 만한 상황이 아니었다. 특히나 내가 주치의로 있는 환자의 상태가 가장 불안정했다. 그래도 간호사들의 공복감에 책임이 있는 위치인 만큼 나 스스로 판단해서 말했다.

"간호사들 뭐라도 시켜 먹읍시다. 내가 쏠 테니 주문해요."

그러고 나서도 뭔가 부족한 것 같았다. 감염병 의심환자임에도 불구하고 자신의 몸을 사리지 않고 격리실 안으로 뛰어 들어온 간호사들이 짠하면서도 특별히 고마운 마음이 드는 것이다. 그래서 한마디 덧붙였다.

"먹고 싶은 거 다 먹어. 진짜야!"

어차피 주문할 수 있는 게 치킨이나 피자 정도라는 것을 알고 있었기 때문에 호기롭게 말한 것이었다. 설마 피자를 일곱 판이나 시킬 줄은 몰랐다.

코로나19로 감염병에 노출 위험이 큰 의료인들이 있다는 것이 알려졌지만, 사실 이것은 어제오늘의 일이 아니다. 특히 결핵과 같은 공기 매개로 감염이 가능한 질환 때문에 의료인들은 수시로 역학 조사를 받게 된다. 간혹 환자가 옴과 같은 피부질환을 가진 것이 뒤늦게 밝혀져 접촉한 의료인들이 고생을 하기도 한다. 의사와 간호사뿐만 아니라 환자를 돕는 여사님들까지도 역학조사 대상이다. 나 역시 잠복 결핵으로 약물 치료를 받은 바 있다.

병원이라는 환경적 특성 때문에 감염병 노출에 더하여 환자의 짜증과 신경질을 받아내야 할 때도 한다. 치매나 섬망과 같이 인지기능에 문제가 있는 사람들의 욕설을 듣기도 하고, 간혹 한대 맞는 일도 있다. 아픈 사람이라 합리적 처벌을 요구할 수도 없는 상황이다. 그저 참는 것이다. 그래서 나는 함께 일하는 나의 동료들이 항상 고맙고 가끔은 짠하다.

병원이라는 공간은 비대면으로 일을 할 수 있는 곳이 아니다. 의료인은 다른 어떤 직업보다 가깝게 접촉하면서 일해야 한다. 그러므로 어쩔 수 없는 감염병 노출의 위험이 있는 곳이다. 그럼에도 불구하고 기쁘게 일할 수 있는 것은 함께 일하는 동료들 덕분이다. 땀에 젖어 머리칼이 이마에 착 달라붙은 채 일할 수 있는 동료들이 있어서 든든하다. 병원 일이 힘들지 않냐고 동정 어린 눈빛을 보내는 사람들에게 말하고 싶다.

"니들이 이 든든한 맛을 알어?"

언젠가 일상이 회복되어서 술 한잔 나눌 수 있는 날이 오길 바란다. 그때는 진짜 한번 호기롭게 쏘고 싶다.

"내가 쏩니다! 먹고 싶은 거 다 먹어요.!"

무한 리필 되는 괜찮은 음식점을 하나 알고 있다.

가장 오래된 모순

적의 공격을 막아내고 할머니를 지켜냈다. 할머니를 지켜내기 위해 열심히 달렸다. 그리고 그 목표를 성취했다 (적이 누군지는 모른다. 젠장, 알지도 못하는 적과 싸우다니). 나는 적이 물러가고 텅 빈 운동장에 있다. 보람찬 마음에 본부에서 운동장을 내려다본다. 가만 있자, 본부는 어디서 많이 본 것 같다. 아, 초등학교 운동회 때 교장선생님을 비롯한 선생님들이 앉아 있던 곳이다. 이런 단상 위에 파란 천막이 만들어놓은 그늘 아래서 선생님들은 운동장에 있는 학생들을 지휘했다.

나는 단상 위에서 무작정 걷고 있다. 저벅저벅 발걸음 소리를 들으면서 바닥을 내려다보며 걷고 있다. 이상하다. 적을 물리치고 할머니를 지켜냈는데 기분이 별로다. 할머니가 몇 살이더라. 1918년생이니까. 백 살이 넘은 분이다. 하늘나라에 간 지 십 년도 넘은 할머니다. 그런 할머니를 지켜내다니. 보내드려야 할 분을 지켜내다니. 지켜냈지만 찝찝하다. 찝찝한 채로 잠에서 깼다.

어제는 사망한 환자의 발인이었다. 중환자실에서만 5개월을 누워 있던 분이다. 중증 폐렴, 급성 호흡곤란 증후군, 사이토카인 스톰으로 인한 쇼크 상태. 병세 초반에 있을 수 있는 모든 중증의 상태가 폭풍처럼 들이닥쳤지만 이겨냈다. 극적으로 폐렴을 이겨내었으나 그 와중에 발생한 다발성 신경염으로 근력이 돌아오질 않았다. 폐렴이 좋아졌는데도 이게 무슨 일인가 싶을 정도로 침상에서 한 발짝도 움직이지 못했다. 연이어 몇 차례의 폐렴이 다시 찾아왔고, 겨우겨우 폐렴을 이겨냈다.

신경염의 후유증과 폐렴의 후유증으로 인공호흡기가 아니면 숨을 쉴 수가 없었지만 고통을 느낄 만한 감각 작용과 의식은 있었다. 가래를 뽑아낼 때 환자는 고통스러운 표정을 지었고, 배가 아프거나 다른 어딘가에 통증이 생겨도 찡그렸다. 중증 폐렴이 닥칠 때는 호흡 자체가 고통스러웠다. 꿈에서 승리 후에 느꼈던 감정이 바로 환자가 죽을 고비를 넘길 때마다 느꼈던 감정과 비슷했다. '지켜냈지만 찝찝한' 감정이다. 국지전에서 승리했지만 전세는 변함이 없다. 언젠가는 질 수밖에 없는 전쟁을 5개월이나 끌었다.

"두 손을 꼬옥 잡고 끝까지 놓지 말아주십시오"라는 환자 어머니의 부탁을 여러 번 들었다. 귓가에 맴돌았고 최선을 다했다. 그러나 가망이 없는 환자를 붙들고 있는 것이 환자의 고통을 붙들고 있는 것 같아 맘이 편치 않았다. 의학적 판단과 어머니의 마음 사이에 생긴 건널 수 없는 거대한 골짜기. 이길 수 없는 전쟁이라면 고통스러운 싸움 말고 편안한 휴식 건너편으로 보내드려야 하는 것이 아닌가 하고 생각만 했었다.

이번에는 환자 스스로 골짜기를 건넜다. 의사는 계속 붙들고만 있었으니, 환자 스스로가 건넌 것이라 생각한다. 너무나 긴 시간 긴 고통이 있었다. 그렇다고 그 고통의 시간이 의미 없다고 생각하지 않는다. 남겨놓은 사랑이 길수록, 끊어야 할 관계가 진할수록 이별의 시간이 길수밖에 없는 것이다. 그렇게 아들은 어머니의 마음을 놓아드릴 시간을 만들려고 생을 놓지 않았다고 생각한다. 이제 고통의 시간은 끝났다. 아프지 않은 곳에서 영면하시길 기원한다.

그간 여러 차례 보호자 면담을 했고 그때마다 어머니는 많이 울었다. 울면서도 어머니는 우리 아들은 회복될 것이라고 말했다. 다시 아들이 회복될 수밖에 없는, 아니 회복되어야만 하는 이유를 말했다. 그 이야기는 아이를 뱃속에 가졌을 때 꾸었던 꿈 이야기에서부터 시작되었다. "태몽이 어땠냐면요"라고 시작했다. 커다란 책 보따리를 양손에 집어들고 커다란 관공서 같은 건물로 들어가던 장면, 뒤쪽으로 끝없이 파란 바다가 보였던 장면, 하늘에서 내려다보니 파란 바다와 노랗게 잘 익은 벼들이 보였다는 장면.

"그 애가 이렇게 죽을 애가 아니에요. 선생님. 제가 알아요. 이렇게 죽을 수는 없어요. 제가 그 아이를 위해서 이렇게 버팁니다."

착한 아이였고, 젊은 시절을 치열하게 살아왔지만 넘을 수 없는 벽에 부딪혔고, 좌절했었던 아들. 버겁기만 했던 아들의 삶을 어머니는 안타까운 마음으로 지켜보아야만 했고, 어머니는 바로 그런 이유로 인해 아들은 반드시 살아야만 한다고 말하고 있었다. 그러나 어떤 이유를 꺼내놓든 아들이 살아야 하는 이유는 분명했다. 사랑하는 아들이기 때문이다. 50년이 넘는 시간을 누군가와 함께 살아오면서, 그 사람의 꿈과 실패와 상처를 함께 겪어내면서 그 사랑은 더욱 강고해졌다. 그는 어머니가 사랑하는 아들이므로 죽으면 안 되는 것이다.

"어머니의 희망과 기도를 제가 잘 압니다. 그러나 제가 의사이기 때문에 있는 그대로 말씀드릴 수밖에 없습니다. 아드님은 소생 가능성이 거의 없습니다. 이제 마음의 준비를 하셔야 합니다"라고 말했을 때 어머니는 더욱 강해지려고 했다.

"아니에요. 내가 약해지면 안 되지. 마음을 더욱 강하게 먹어야지. 아들은 이겨냅니다."

아마도 지난 몇 개월간 밤낮 없이 기도를 했을 것이다. 혼자서 병원을 찾아오지도 못할 정도로 연로한 어머니지만, 어디서 나오는지 힘과 열정이 끊이지 않았다. 사랑과 슬픔이라는 반대편에 서 있는 감정 두 가지는 한 인간 '의지'를 한 방향으로 이끄는 것 같았다.

깊은 슬픔의 기원이 사랑이었다는 것을 어떻게 이해해야 할까? 사랑과 슬픔은 지구에서 가장 오래된 모순이다.

논문보다
글쓰기를
좋아하는
의사

3

의사는 ─────────────

무얼 먹고 사는가

유독 정신적 스트레스가 많은 날이었다. 주말을 버틴 환자들이 월요일을 찾아 떼를 지어 병원을 찾고 나면 화요일은 병원에 환자가 줄기 마련인데 그날의 화요일은 기대와는 달랐다. '오늘은 좀 낫겠지' 하는 생각에 심적 준비가 소홀했던 탓인지 환자는 기대만큼 줄지 않았다. 특히 만성기침 환자들이 약속이나 한 듯이 쏟아져 들어왔고 겨울을 맞아 활동량이 많아진 바이러스에 걸려 고열로 입원하는 환자도 많았다.

이로 인해 발생한 정신적 스트레스는 나의 대뇌피질을 무너뜨리고 심리적 최후노선인 심장외피까지 뚫어 머리와 가슴을 점령했다. 짜증에 육신을 지배당한 채 하루를 마감한 나는 기력이 없고 뒷골이 뻐근해졌다. 이러려고 호흡기내과 의사를 했나 자괴감이 들었다.

이대로 집에 들어갈 수는 없을 것 같아 아내에게 메시

지를 보냈다.

"닭발집에서 봅시다. 7시 15분쯤 도착 예정."

찐득한 스프에 수북하게 담긴 닭발들이 검은 냄비에 실려 왔다. 발 하나를 건져 올려 입에 물었다. 정확히 발목을 물은 것 같다. 발가락들이 접시로 떨어졌고, 뼈 하나와 함께 살점 한 덩이가 입안으로 들어왔다. 쫀득했다. 오물거려 삼킨 후에 나는 접시 위에 뒹구는 발 하나를 다시 집어 입에 넣고 관절을 물어 마디마디를 분리시킨 후 뼈와 몰캉거리는 살점을 분리했다. 잘게 분리된 뼈들을 혀의 가운데로 모아 분리수거용 냄비 위에 뱉었고, 마지막까지 남아 있던 물렁뼈들은 오독오독 씹어 삼켰다.

'햐, 정말 맛있네.'

속으로 지껄인다. 닭발 3개가 접시 위에서 사라졌을 즈음, 나는 나의 내면에 의미 있는 변화가 일어났음을 알 수 있었다.

평온과 안식이 찾아온 것이다. 이 순간적인 감정을 재빨리 옮겨 적고 싶어서 점원에게 볼펜을 빌렸다. 머리는 맑아졌고 뒷목은 여전히 뻐근했지만 훨씬 가벼워졌다. 매콤한 양념이 젓가락을 불러들였고, 몰캉한 살점이 나를 위로했고, 관절을 씹으며 스트레스를 뭉갰고, 내 속의 뭔가를 발라내듯이, 뼈들을 발라내어 뼈 수거통에 퉤퉤

뱉어냈다. 닭발의 마디마디는 인간의 구강구조로 뱉어내기에 알맞은 모양과 크기다. 닭발의 묘미는 맛에만 있는 것이 아니라 그것을 먹는 행위 자체에 함축되어 있다. 맛보고 발라내며 뱉어내기.

브루스타 위에서는 자글거리는 국물 속에 몇 개의 닭발들이 끓는다. 고진감래, 고통 후에 단 것이 온다. 상처가 치유에 앞선다. 회복과 갱생은 고통과 상처의 대가다. 보글거리는 국물 속에서 타는 듯한 고통의 대가를 나는 먹는다. 배를 채웠을 뿐 아니라 속에 쌓인 찌꺼기를 쏟아냈다. 이 모든 것을 주신 닭에게 고마울 뿐이다. 내일 아침 화장실에서 나는 조금 아플 것이다. 그러나 괜찮다. 그것이 어찌 냄비 속 뜨거움에 비할 수 있으랴.

닭발! 피곤한 하루를 마감하며 스트레스로 뒷골이 뻐근한 모든 이에게 권한다. 가급적 뼈 있는 닭발로 좋다 말씀드리고 싶다. 단, 연애를 막 시작한 커플이라면 뼈가 없는 것이 좋을지도 모르겠다.

그런가 하면 빼빼로는 진료실형 간식이다. 과자에 초콜릿을 입힌 디자인은 지금이야 진부하기 이를 데 없지만 손잡이 부분이 따로 있어서 손에 초콜릿을 묻히지 않고 먹을 수 있다는 장점은 취식시간을 엄청나게 확장시켰다. 과자를 먹다가 (손을 닦지 않고도) 곧바로 볼펜을 쥐거나 키보드를 두드릴 수 있다는 것은 비슷한 스테디 인기 제품인 새우깡이나 바나나킥이 따라 할 수 없는 장점이다. 수년 전부터는 하얀색 초콜릿을 입혀서 맛과 색깔의 변화를 주기도 했고, 겉에다가 땅콩가루를 입혀서 과자와 땅콩의 식감을 함께 느낄 수 있게 되었다.

그러나 내가 높은 점수를 주고 싶은 것은 기다란 젓가락 모양의 디자인이다. 이것이 다른 과자와 확연한 차별성을 부여하는 지점이다. 11월 11일에 '빼빼로 데이'라는 별칭을 붙이는 기가 막힌 마케팅이 가능했던 것도 이 때문이다. 젓가락 모양의 빼빼로를 먹을 때는 누구나 앞니로 끊어서 먹는다. 인간의 구강구조를 잘 이해한 사람이 디자인을 했다고 볼 수밖에 없다. 인간의 앞니는 뭔가를 끊어먹기 좋다. 닭발의 관절을 끊어먹듯 빼빼로를 끊어먹을 때 사람들은 먹는 '재미'를 느낀다. '똑똑' 소리가 나면서 빼빼로의 길이는 점차 줄어든다. 청각과 시각, 그리고 끊어먹는 촉각의 재미를 동시에 느낀 사람들은 이내 어금니로 초콜릿을 뭉개면서 달콤함을 느끼게 된다.

매년 11월 11일에는 으레 빼빼로를 주고받는다. 나 역시 이날 받은 빼빼로를 두고두고 먹게 되는데, 그 양이 많아 한 달은 족히 먹게 된다.

한번은 빼빼로를 먹고 있는데, 환자가 들어오는 인기

척이 들렸다. 내가 신호를 주어야 간호사가 환자를 진료실로 안내하는데, 간호사가 착각을 했는지 진료 준비도 안되었는데 환자를 진료실로 안내한 것이다.

잠시 후면 문이 열릴 텐데…. 순간 고민에 빠졌다. 한 조각 남은 빼빼로를 마저 먹어 치울 것이냐, 여기서 중단할 것이냐. 먹다 남은 빼빼로를 책상 한쪽 구석에 남겨놓고 진료를 한다는 것은 왠지 내키지 않았다. 하얀 빛깔의 옷을 입힌 빼빼로인데 유난히 달았다. 나는 앞니로 잘게 끊으면서 빼빼로를 입안으로 밀어 넣어 엄청난 속도로 저작 운동을 했고, 환자가 막 들어와서 자리에 앉을 때는 과자를 꿀꺽 삼켜버린 후였다. 짧은 시간에 스스로 제시한 미션을 완수했다는 뿌듯함으로 진료를 시작했다.

"어디가 아프세요?"

그러나 나는 질문이 채 끝나기 전에 입을 다물어야 했다. 엄청난 양의 타액이 흘러나오기 시작한 것이다. 유난히 달달한 초콜릿이 입안을 쓸고 가면서 침샘을 자극한 모양이다. 대화 중에 꿀꺽꿀꺽 목울대가 오르락내리락했다. 환자가 나의 목울대를 바라보는 것 같았다.

'안 되겠어. 환자 등 뒤로 피하자.'

환자를 돌려 앉힌 후 청진을 하면서 혀를 놀려 입안의 당분을 모두 씻어버렸다. 기지와 재치로 난처한 상황을 모면한 나는 소소한 만족을 느꼈다.

있어야 할 곳

예비군 동원훈련 때의 일이다. 공군 장교 출신 군의관을 포함한 예비역 장교들이 수백 명이 2박 3일을 함께 지내게 되었다. 그러나 결코 고단하지 않은 일정이었다. 비가 오는 바람에 대부분의 일정을 강당에서 강의를 듣고 남는 시간에 군 관련 영화를 관람했기 때문이다.

우리는 저녁 휴식 후 잠을 자기 위해 내무반에 들어왔다. 가운데 복도가 있고 양옆으로 사람들이 누울 수 있는 온돌이 있는 전형적인 내무반이었다.

저녁 청소를 마치고 점호를 기다리던 우리는 대부분 이불을 펴고 누운 상태였다. 그때 일이 벌어졌다. 검지만 한 말벌 한 마리가 내무반으로 날아든 것이다. 윙윙 소리를 내며 날아다니는 말벌 소리에 우리 모두는 숨죽인 듯 조용해졌다. 이불로 몸을 가린 채 목만 빼꼼이 내놓은 장교 10여 명은 눈빛으로 말벌과 대치 중이었다. 한 사람

두 사람 저것을 어떻게 처치할 것이냐를 두고 의견을 내놓기 시작했다. 불완전한 기억에 의존해 그때의 대화를 떠올리면 이렇다.

"저거 말벌 맞죠?"

"네, 맞아요. 말벌입니다. 어떻게 들어왔죠?"

그때 용감한 장교 한 명이 이불을 걷어 젖히고 일어섰다. 운동화를 손에 쥐고 말벌을 처치하기 위해 다가가는데….

"안 돼요! 한 번에 죽여야 합니다. 자칫하면 공격당할 수 있어요."

"어어! 말벌은 꿀벌에 40배의 독성을 가지고 있고요, 열여섯 번 공격할 수 있어요. 한 번에 성공 못 하면 우린 끝장납니다."

응급의학과 의사의 자세한 설명에 운동화를 들고 있던 예비역 장교는 슬그머니 운동화를 내려놓더니 다시 이불속으로 파고들었다. 말벌이 형광등을 둘러싸고 있는 격자 모양의 철제 구조물 사이를 들락날락하고 있어 쉽게 내리칠 수 없는 상황이었다.

"도움을 청합시다."

"그래요! 후방지원 있잖아요."

방장으로 선출된 예비역 군인 한 명이 방을 나가더니 군복을 입은 장교 한 명을 데리고 왔다.

"선배님들 걱정 마시지 말입니다. 현역이 해결하겠습니다."

소위의 말에 예비역 장교들은 박수를 아끼지 않았다. 선배님이라는 호칭도 좋았고, 현역이 책임진다니 마음이 놓였다. '예비'는 말 그대로 지금 쓰지 않고 남겨둔다는 말이다. 미래를 위해 침낭으로 온몸을 둘러싼 예비역들은 적군의 공격이 시작된다면 언제든 모가지마저 침낭 속으로 숨을 채비를 하고 있으면 된다.

그러나 현역이 가지고 있던 파리채도 소용없었다. 현역은 "아이 씨!"라고 말하며 고개를 갸웃거리며 말벌을 바라만 보았다. 한 방에 보내버리기에는 형광등을 가리고 있는 장애물이 신경 쓰이는 것 같았다. 결국 현역은 밖으로 나가더니 부사관인 상사를 데리고 왔고, 나이 지긋한 상사는 라이터와 에프킬라가 만들어내는 화염으로 말벌을 태워버렸다.

말벌과 대치하고 있던 10여 명의 전우의 눈빛에서는 그 어떤 적의도 전의도 볼 수 없었다. 예비역만 존재하는 세상이 도래한다면 그 세상은 전쟁 없는 평화로운 세상일 것이다.

현역 시절, 1년에 두 번 정도 사격훈련이 있었다. 나역시 대위 장교로서 사격 연습에 임했지만 사격 점수가 형편없었다. 사격 후에 일정 점수에 도달하지 못한 장교들은 따로 모여 교육을 다시 받고 재사격을 하기도 했는데, 나는 나머지 공부 단골 학생이었다. 재시험을 치르게 되어 시험장으로 갔을 때 장교들은 점수가 미달된 우리를 위로하며 이런 말을 했다.

"너무 걱정 마시지 말입니다. 의사가 총을 쏘는 일이 생기면 그 전쟁은 졌지 말입니다."

맞는 말이다. 의사는 병원에 있어야 한다. 있어야 할 곳이 아닌 곳에서는 폼이 안 난다.

병원에서 근무하다가 점심시간을 이용해 잠시 밖에 산책을 나갔을 때의 일이다. 웬 할머니 한 분이 다가오더니 다짜고짜 내 팔을 잡고 자기 집에 가자고 하셨다.

"청년, 이거 좀 고쳐줘요. 욕조 손잡이가 망가졌어. 난 못 혀. 청년이 잠깐만 도와줘."

나 역시 할줄 모른다면서 손사래를 쳤지만 할머니는 막무가내로 고집을 피웠다. 할머니의 손에 들린 검은 비닐봉지 안에 새로 사놓은 손잡이가 있는 것 같았다.

"청년이 할 수 있다니까. 글쎄 잠깐이면 돼."

난생처음 보는 분이 자기 집에 가자고 하니, 벌컥 겁이 났다. 할머니 집에 기다리고 있는 괴한들이 이미 짜놓은 각본대로 흉기로 위협하고 돈을 요구할 수도 있지 않은가. 나는 가고 싶지 않았지만 할머니는 내 팔을 잡아끌었고 놓을 생각을 하지 않았다.

할머니 말로는 내가 할 수 있는 일이라는데, 난 욕조에 뭔가가 고장 나면 관리실에 연락하는 사람이다. 그러나 연세가 여든은 족히 넘어 보이고 꾸부정한 걸음걸이로 다가온 할머니의 요청을 뿌리치는 것도 모양새가 좋지 않아 따라나서기로 했다. 결정적으로 지갑에 들어 있는 오만 원짜리 지폐 두 장이 위로가 되었다. 혹시 나를 위협하는 상황이 발생한다면 오만 원짜리 두 장으로 타협할 수 있을 것 같았다.

할머니의 집은 병원 근처에 있는 빌라 1층이었다. 집 안은 각종 잡동사니로 어지러웠다. 다른 사람은 없는 것으로 보거나 살림을 봐서는 혼자 사는 것 같았다. 무서운 일이 벌어질 것이라는 생각은 기우였다. 문을 열고 들어서니 곧바로 작은 욕실 문이 보였다. 변기 하나와 수도꼭지 하나가 있는 작은 욕실이었다. 수도꼭지는 샤워기가 달려 있었는데, 그게 고장 났으니 화장실에서는 물을 사용할 수 없게 된 것이다. 다행히 샤워기 손잡이를 교체하는 것은 할머니 말대로 무리 없었다.

나는 새 손잡이로 교체하는 데 성공했고 물도 콸콸 잘 쏟아졌다. 할머니는 내 손은 붙잡고 너무나 고맙다며 말했다.

"청년, 근데 어디 살어? 정말 고마워. 내가 다음에 뭐라도 가져다줄게."

"네, 괜찮아요. 이 근처에 살지 않거든요."

"그럼, 직장 때문에? 병원?"

"네, 병원에서 일해요."

"뭐! 의사야?"

"네… 근처에 살진 않고요."

"아유, 선생님이 왜 이런 데를 오셨어요. 아유, 미안해서 어떡해."

갑자기 할머니는 무안해하며 내쫓듯이 나를 내보냈다. 따라오라고 절박한 표정으로 부탁할 때는 언제고…. 무사히 미션을 완수했으니 다시 병원으로 돌아가는 나의 발걸음은 한결 가벼웠지만, 왠지 모를 어색한 감정이 뒤따랐다. 대로변에서 할머니와 가네, 못가네 실랑이 벌였던 일이 부끄러웠고 오만 원짜리 지폐로 탈출 계획까지 세워놓았다는 사실도 개운치 않았다. 거기다가 기껏 부탁해놓고, 한순간에 돌변해서 무안해하는 할머니의 표정은 또 뭔가. 할머니가 미안해서 그랬겠다는 걸 모르는 건 아니지만 한편으론 이런 생각도 들었다. 의사는 욕실 손잡이 고치는 일도 못 맡길 사람이란 말인가.

코로나19가 시작된 후 호흡기내과 직원들과 회식을 못 했다. 병원 식당에서조차 대화가 금지되었던 분위기라 얼굴을 맞대고 식사할 기회가 없었다. 우리는 모두 안심진료소로 진료 공간도 옮겼고, 진료를 할 때는 4중 방호복을 착용하기 시작했다. 회식 같은 것을 할 수 있는 분위기가 아니었던 것이다.

그러다 잠시 코로나19가 소강 국면에 접어들었을 때 중국집에서 중국요리를 시켜 먹기로 한 적이 있다. 새로 들어온 신입직원도 축하할 겸 우리는 중국요리 몇 개를 가운데 놓고 둘러앉았다. 명색이 내과 부장이라 먼저 한마디 해야겠기에, 신입직원을 환영하며 앞으로도 잘 이겨내자고 콜라로 건배 제의를 했다. 우리는 리모컨 건배를 한 후 '살살' 박수를 쳤다.

쟁반짜장을 한 젓갈 크게 떠서 입안으로 밀어 넣는데 역시 맛이 기가 막혔다. 달리 표현할 어휘력이 부족한 탓에 그냥 짜장 맛이라고밖에 할 수 없지만. 짜장 맛은 똑같은 요리라도 먹는 장소와 그날의 기분에 따라 천차만별이다. 저렴한 같은 가격이지만 조건만 갖춘다면 일류 호텔 음식 못지않게 맛있다. 먹을 때 '후르릅 쩝쩝' 소리가 나는 것도 좋다. 짜장의 점도와 굵은 면발은 일반 국수나 냉면과는 달라 호흡기관을 이용하여 강한 음압을 걸어 빨아올려야 하기에 독특한 음향, '후르릅'이 나온다.

나는 '후르릅'에서 일단 멈출 때가 많다. 왜냐하면 '쩝쩝' 먹기 전에 '햐, 진짜 맛있네'라고 생각하며 잠시 감탄하기 때문이다. 특히 병원당직방의 짜장 맛이 가장 일품이다. 전공의시절 당직으로 당직방을 지켜야 할 때는 짜장면은 단골 메뉴였다. 병원 바로 앞에 있었던 중국집 사장님 목소리가 귀에 익을 정도였다.

그날 안심진료소에서 식사를 할 때였다. 젓갈로 짜장면발을 들어 올린 후 '후르릅'을 위해 들숨이 시작되는데, 얼굴 근처에 날아다니던 날파리가 입안으로 쏙 빨려 들어가는 게 아닌가. 케켁. 헛기침을 했다. 목 안 깊숙이 이물감이 느껴졌음에도 연달아 터져 나오는 기침을 일단은 참았다. 식사 시간에 기침할 만한 시국이 아니었기 때문이다. 오랜만에 함께하는 식사 분위기를 망치고 싶지 않았다. 이 부장 입속에 날파리가 들어갔다면서 어떻게 하냐며 어수선하게 위로와 한탄의 말들을 듣고 싶지 않았다. 이 부장이 오랜만에 건배 제의까지 한 자리 아닌가. 켁켁거리면서 밖으로 뛰쳐나가는 것은 왠지 점잖지 않다.

군만두를 집어 이로 대강 썰어 꿀떡 넘겼고, 벌컥벌컥 콜라를 마셨다. 날파리 한 마리쯤 먹는다고 배탈 날 일도 없고, 날파리가 코로나바이러스를 옮긴다는 소문도 들은 적이 없다.

순간적인 결정이었지만, 여러모로 잘한 것 같다. 소리 없는 선행이었고, 우리 모두를 위한 희생이었다고 생각하니 스스로 흐뭇했다. 폼 난다는 말을 이럴 때 어울린다고 해야 할 것이다. 역시, 의사가 폼이 날 곳은 오직 병원뿐이다.

뛰쳐나온 기쁨

회진을 하기 위해 병동으로 막 올라갔을 때였다. 누군가가 복도 끝에서부터 나를 향해 뛰어오고 있었다. 양팔을 마치 날개라도 되듯이 좌우로 벌린 채 아래위로 흔들면서 뛰고 있었다. 점차 가까워지면서 그녀의 표정이 드러났다. 다운증후군이 있는 10대 소녀였다. 그녀는 나를 지나치면서 병동 반대편으로 사라졌다. 나는 그녀의 웃음을 보면서 "와, 웃는다"라며 감탄했다. 왜냐하면 그녀는 오로지 웃고 있었기 때문이다. 그 웃음에는 타인의 시선, 평가 등 일체의 잡것들이 들어있지 않았고, 오로지 기쁨만 가득했다. 그 웃음을 보면서 '나는 언제 저렇게 웃어보았던가?' 자문해보았지만 떠오르는 기억이 없었다.

그렇게 웃을 일이 없었을까? 그렇진 않을 것이다. 웃을 만한 일이 왜 없겠는가? 자식들이 착하게 자라주었고, 부모님 건강하시고, 직장에서도 지낼 만하다. 죽을 뻔한 환자가 살아났을 때 기뻤고, 첫 번째 책이 출간되었을 때 몹시 기뻤다. 그런데 활짝 웃지는 않았던 것 같고, 씨익 웃긴 한 것 같다. 기쁜 만큼 겉으로 표현을 하지는 않았던 것이다.

의사는 환자를 치료하는 사람이다. 치유자에게 중요한 것은 환자다. 환자는 의사를 통해 회복의 과정을 밟아나가기도 하고, 죽음에 이르는 과정을 받아들이기도 한다. 환자는 몸의 변화에 수반하는 감정의 기복을 경험하며 겉으로 표현한다. 몸의 변화를 체크하고 점검해야 하는 의사는 변해서는 안 된다. 변하는 것은 환자여야 한다.

'치유자'로서의 정체성 때문인지 의사는 내면을 잘 드러내지 않는다. 온갖 감정이 춤추는 공간인 병원에서 의사들의 감정은 침묵한다. 아니, 침묵해야 한다고 생각한다. 오늘 내가 슬픈지 기쁜지, 우울한지, 아니면 견디기 힘들도록 외로운지 드러내지 않는다. 의사들의 사적 모임이나 회식 자리에서도 마찬가지다. 병원 이야기, 환자 이야기가 주를 이루고 정작 자신의 내면을 드러내는 말은 하지 않는 분위기다.

의사들이 나오는 드라마는 조금 다르긴 하다. 드라마에서는 승진을 향한 집착과 욕망, 시기와 질투, 사랑의 감정 등이 배우들을 통해 드러난다. 감정선이 드러나는 이야기 전개가 있어야 볼 만하기 때문이다. 그러나 현실은 다르다. 쳇바퀴처럼 도는 시곗바늘에 쫓기듯 환자를 보고, 또 보다가 퇴근을 한다. 행여 누군가를 사랑하게 되더라도, 병원은 드라마 속 남녀 배우처럼 한가하게 둘만 있는 시간을 허락하지 않으며, 둘만 있더라도 서정적인 배경음악을 깔아주지 않는다. "선생님, 환자 있어요"라는 전화가 분위기를 깨기 십상이다.

자신의 내면을 드러내지 않는 경향이 의사 집단에게만 있는 것은 아닐 것이다. 그러나 의사가 되어가는 과정은 이러한 경향성을 더욱 굳건하게 만든다고 생각한다. 자신의 지식과 경험을 가지고 타인을 변화시켜야 하는 치유자로서 성장하는 과정에서 고착되는 심리가 있을 것이다. 나 역시 그랬던 것 같다. 웃을 일이 있을 때 온전히 웃지 못했고, 울고 싶을 때 울음을 꾸역꾸역 삼켜버렸다. 그런 까닭에 불현듯 튀어나온 10대 소녀의 온전한 웃음에 나는 충격을 받았고 몹시 부러웠다.

몇 년 전 프랑스 예술가 니키드 생팔의 작품 전시회가 있었다. 나는 작가의 작품인 〈나나〉를 보고 곧바로 기분이 좋아졌다. 〈나나〉는 알록달록 화려한 수영복을 입은 뚱뚱한 여성을 이미지화한 작품이다. 나나의 수영복은 울퉁불퉁 튀어나온 속살을 감추지 못하고 있고, 팔다리는 넘치는 기쁨을 주체하지 못하는 건지 폴짝폴짝 뛰어다니는 자세다. 수영복에 가려진 그녀의 가슴과 엉덩이도 기뻐 출렁거리는 듯하다. 모두가 아름답다고 말하는 비너스의 몸매는 아니지만 나나는 기뻐 춤추고 있다. 이미 내 속에 행복의 모든 조건들이 갖추어져 있어서, 타인의 시선과 평가는 필요 없다고 말하는 것 같다.

니키 드 생팔(Niki de Saint-Phalle)은 어려서 아버지로부터 성적 학대를 받았고, 남성 중심 사회의 억압된 분위기에서 성장했다. 불운한 성장 배경 때문인지 니키의 초기 작품은 그로테스크하다. 그중 〈슈팅 페인트〉는 총을 쏴서 회화를 완성하는 퍼포먼스로 유명한데, 그런 기법과 결과물 속에 억압되어왔던 상처와 분노가 스며 있음을 느낄 수 있었다.

작가의 과거를 알고 나니 〈나나〉의 기쁨이 더욱 생생하게 다가왔다. 〈나나〉는 증오와 분노를 넘어선 후 찾아낸 기쁨을 표현한 것이다. 이것은 타인의 시선이 아닌 자신의 내면로부터 탈출한 기쁨이다. 감정은 전염되는 것이라서 작가의 기쁨은 나나를 타고 곧바로 내게로 전해졌다. 나는 그녀의 작품 사진을 내 페이스북의 프로필 사진으로 만들었다. 뛰쳐나가고 싶을 정도의 기쁨이 있을 때는 크게 웃고 춤추자고 다짐하면서.

호기심으로 _____

공부하기

수업을 듣는 학생들은 크게 두 부류로 나뉜다. 한 번에 알아듣는 사람이 있고, 한 번에 알아듣지 못해서 두 번 이상 반복해야 하는 사람이 있다. 나는 후자였다. 후자에 속하는 사람들 중 많은 수는 어차피 한 번에 안 될 것이니 졸린 수업 시간에 굳이 집중할 필요가 없다고 생각하는 것 같았다. '어떻게든 되겠지'의 낙천적 성격이거나, 아니면 '어떻게 해도 안 돼'라는 '체념'의 상태라 볼 수 있다. 이들은 수업 시간에 집중하지 못하고, 출석 체크만 한 뒤 땡땡이를 치는 경우도 많았다.

하지만 시험은 땡땡이를 칠 수 없기 때문에 시험 기간 만큼은 최선을 다해야 한다. 이때 반드시 필요한 것이 하나 있는데, 마음 넓은 전자(수업 시간에 집중하는 학생)가 있어야 한다는 것이다. 수업 시간에 선생님이 한 말을 듣고 체크해놓은 별 표시, 밑줄, 강조한 것들이 담겨 있는 노트를 제공해주는 학우가 있어야 한다. 시험 기간이 되면 몇 개의 훌륭한 노트들의 복사본이 학우들 사이에 퍼졌고, 그걸 하나 손에 넣는 일은 시험 준비의 필수였다. 의대를 졸업한지 20년이 훌쩍 지난 지금도 나는 내가 공부했던 노트 주인들의 글씨를 알아볼 수 있다. 뒤늦게나마 감사의 말을 전하고 싶다.

시험을 위해서는 '족보'가 있어야 한다. 족보는 시험에 나올 만한, 또는 시험에 나왔던 기출문제들이 수록된 문서 모음집이다. 노트와 족보를 가지고 밤을 꼬박 새우고 시험을 본다. 시험을 본다고 일이 다 된 것은 아니다. '재시험'도 있고, '유급'도 있다. 후자들은 좋은 성적에 대한 욕심은 없었다. 하지만 재시험과 유급만은 어떻게든 피해보자는 마음은 누구보다도 절박하다.

그래서 꼭 필요한 게 하나 더 있다. 바로 친구다. 혼자 있으면 위험하다. 바짝 타들어가다가 재가 되어 포기하게 될 수 있다. 함께 속을 태우며 공부하는 친구가 있어야 한다. 나보다 공부를 열심히 하는 친구는 마음의 채찍이 되어주고, 공부를 덜 하는 친구는 마음의 위로가 되어준다. 그래서 함께 시험을 준비했던 친구와의 관계는 끈끈할 수밖에 없다. 갑자기 그 시절 친구들이 보고 싶어진다. 산희와 형원이 그리고 기준이형. 다들 의사가 되어 잘 살고 있을 것이다.

의대 6년의 과정 동안 외우기는 숙달되었다 싶었는데도, 시험 준비는 늘 어려웠다. 내 생애 마지막 시험이었던 분과 전문의 시험 때도 마찬가지였다. 내과학은 여러 가지의 분과로 나뉘어 있다. 호흡기 내과, 순환기내과, 내분비내과 등. 그중에서도 호흡기내과 분과의 분과 전문의 자격을 얻기 위해 마흔이 넘은 나이에 다시 시험장에 들어섰다.

열심히 준비했다고 자부할 수는 없었지만, 왠지 모를 자신감이 있었다. 그동안 호흡기 내과 환자들만을 치료해온 과정이 5년 정도 되었으니, 공부는 조금 덜했더라도 다년간의 임상경험이 모자란 공부량을 보충해줄 것이었다. '어떻게든 되겠지'라는 자신감에 근거가 전혀 없는 것은 아니었다. 그러나 시험이 모두 끝난 후 나는 '반드시 낙방할 것'이라는 예감에 초조해졌다. 거의 모든 문제가 알쏭달쏭했고, 감도 못 잡을 정도로 어려운 문제들도 수두룩했다. 객관식은 어떻게든 꼼꼼하게 모두 찍었다고는 해도 주관식 답안지에는 빈칸이 수두룩했다. 시험을 보고 이런 멘붕에 빠지기는 처음인지 아닌지, 시험 본 지가 오래되어서 잘 기억나지 않지만, 하여간 '위기 상황'임에는 틀림없었다.

다른 선생님들과 지나간 문제들의 답을 맞추는 과정에서 낙방할 것이라는 의심은 점차 확신이 되어갔다. 지인들과 함께 식사를 하는 시간, '분과 전문의 자격시험'은 대부분이 합격되는 시험이라고 위로를 받았지만, 그 말은 나를 제외한 대부분이 합격할 것이라는 말로 들렸다. 그렇다면 얼마나 창피한 일인가. 대부분이 합격하는 시험에서 혼자 떨어지다니.

다행히 합격자 명단에 내 이름도 올라갔다. 시험은 늘 이런 식이었다. 최선을 적당히 해놓고 마음 졸이다가 턱걸이로 합격하는 방식. 시험이 부담으로 다가온 고등학교 이후부터 지금까지 시험은 늘 똑같은 얼굴로 다가왔고, 답안지를 제출한 후에는 똑같은 얼굴로 지나갔다.

본과 2~3학년 때의 일이다. 낙엽이 한창 익은 가을의 어느 날 우리는 약리학 시험을 봤다. 시험은 채플실로 쓰이는 강당이었다. 강당에서 나가면 곧바로 몇 개의 벤치가 놓인 야외로 통해 있었다. 시험을 먼저 끝낸 학생들은 답안지를 제출하고 시험장 밖으로 나갈 수 있었는데, 먼저 나온 학생들은 강당 밖 뜰에서 삼삼오오 모여 시험문제 답안을 맞추며 대화하고 있었다. 모든 시험이 끝나고 모든 학생이 나올 때도 학생들은 정답에 미련이 남아 몇 번의 답은 무엇이었냐며 서로 묻고 답하고 있었다. 시험 감독을 모두 마치고 약리학 교수님이 나오는데, 누군가가 시험문제의 답을 물어보았다. 교수님의 대답이 명언이었다.

"쓸데없는 얘기 말고 단풍 구경이나 가라."

맞다. 쓸데없는 질문이다. 이미 지나간 시간을 되돌릴 수 없다. 30분 전에 내가 적어놓은 답이 오답이라면 탄식이, 정답이라면 쾌재가 나올 것이지만, 오답을 정답으로 바꿀 수 없는 것이다. 지나간 시험을 걱정하기에는 단풍이 너무나 아름답지 아니한가. 지금 이 순간을 즐겨야 한다. 암, 그렇고말고. 교수님의 말은 너무나 멋진 말이다. 그러나 교수님의 멋진 조언도 재시험을 보게 않을까 하는 두려움마저 없애주지는 않았다. 나에게 그 조언은 단풍 구경이라도 다녀와야 재시험 치를 기운이 생긴다는 격려로 들렸다. 상황이 이러하니 공부가 재미있을 리 없었다. 지적 성취에 대한 욕망과 재미가 앞에서 끌어당기는 것이 아니라 '탈락'과 '낙오'에 대한 두려움이 뒤에서 떠밀어 하게 되는 공부였다.

진짜 '공부'를 사회생활을 하고 나서 시작한 것 같다. 그러니까 전문의 시험을 통과한 후, 시험을 치르기 위한 공부가 더 이상 필요 없었을 때 비로소 공부다운 공부를 하게 되었다.

내과 전문의 자격증 시험에 합격한 후 군의관으로 군에 입대했다. 한 살, 세 살 된 아이 둘을 데리고 경남 진주의 공군 교육사령부에서 훈련병들을 진료하기 시작했을 때 나는 『세포생물학』 책을 다시 펼쳐 들었다. 학생 때 펴 보지도 않던 책을 왜 그때 다시 보게 되었는지는 기억나지 않는다(내가 학생 때 세포생물학을 이골이 날 정도로 공부했었다면 펴보지 않았을 것이라는 점만은 확신할 수 있다).

『세포생물학』을 다시 읽어가며 느끼는 감정은 학생 때와는 완전히 달랐다. '이게 말이 되는가' 싶을 정도로 신비하고 정교한 일들이 세포 안에서 일어나고 있었다. 특히 세포호흡과 관련되어 일어나는 일들, 진핵세포의 정밀함, 세포들의 상호 의사소통과정 등. 『세포생물학』은 과거와는 달리 신기한 마술의 비법을 펼쳐놓은 책 같았다. 놀라움과 흥미진진함이 앞에서 끌면서 공부를 하니 만족감도 컸고, 무엇보다 오랫동안 계속할 수 있었다. 세포 이야기에서 시작해 진화생물학과 현대 우주론에 대한 책까지, 감탄사를 연발하면서 여러 권을 읽었고, 8년 정도 한 방향의 책 읽기가 쌓이다가 첫 번째 책 『몸 묵상』을 쓰게 되었다.

나만의 책 읽는 노하우를 말하자면 '호기심'과 '감탄사'가 아닐까. 이 둘을 같이 가지고 갈 수 있는 책 읽기면 독서도 즐기면서 행복도 가져갈 수 있다. 순서로 따지면 호기심이 먼저 와야 한다. 호기심이 앞서야 책을 펴게 되고, 책을 읽어야 감탄사가 나오기 마련이니까. 그래서 호기심을 가지기 위해 노력하는 편이다. 심심할 때는 '내가 뭘 궁금해하더라'라는 질문을 하면서 서재에 꽂힌 책들을 멍하니 바라보기도 한다. 그러다 보면 가끔 호기심이 발동해서 뭔가를 시작하게 되기도 한다.

서점에 들러 책 쇼핑을 하거나 책을 소개해주는 팟캐스트를 듣기도 하고 페이스북 친구들의 좋은 글을 꼼꼼하게 읽어보는 것도 호기심 유발에 좋은 습관이다. 독서 동호회는 아주 유익하다. 사람이 가장 자극을 받는 것이 타인의 얼굴을 바라볼 때라고 한다. 모임에 나가서 얼굴도 보고 책도 보고, 책을 읽은 사람의 표정의 변화도 볼 수 있다. 책을 읽고 감탄에 젖은 상대방의 표정은 호기심을 불러일으키는 좋은 수단이 된다.

그러나 호기심이 모든 것을 해결해주지는 않는다. 공부를 하다 보면 가끔 만나는 오르막길도 있다. 인내와 끈기로 책상 앞에 앉아서 글자들과 씨름하면서 한 문장 한 문장 꼭꼭 씹어서 넘겨야 할 때가 있다. 장편소설의 초반에 나오는 다양한 인물의 이름과 관계들을 익혀야 진도를 나갈 수 있다. 과학책들은 기본 용어와 원리를 이해해야 다음 단계로 넘어갈 수 있는데, 필요하면 다른 책들이나 유트브 등을 통해 도움을 받아야 할 수도 있다. 일단 독서의 언덕을 하나 오르면 앞으로 나아가는 길이 수월해진다.

이렇게 해서 호기심으로 시작하여 감탄사가 동반되는 책 읽기에 익숙해졌다면 독서는 하나의 취미활동 이상의 활력이 될 수 있다. 읽는 것 자체가 재미고 읽은 만큼 변해가는 스스로를 바라보는 것도 재미다. 버스나 열차 기다리는 시간이 아깝지 않다. 독서가 취미라면 모든 자투리 시간은 낭비가 아니라 여가시간이 된다. 늘 책 한 권 들고 다니면 출퇴근 전철 타는 시간도 유익하게 활용할 수 있다.

인간은 망각의 기능이 있는 동물이다. 아무리 재미있게 읽은 책이라도 2주 후면 제목 정도만 생각나고 두달이면 아무것도 생각나지 않는다. 시험을 위해 보는 책이라면 망각이 기능은 절정을 발휘하는 것 같다. 시험 시간이 끝났음을 알리고, 답안지를 제출함과 동시에 지식의 절반 정도는 공중으로 휘발되고, 나머지 모두 다 증발되는 데는 2주면 충분하다.

그래도 시험을 보기 위해 했던 공부는 시험 점수로 남지 않는가. 재미와 삶의 보람을 위해 읽는 책은 점수로 남지 않는다. 그렇기 때문에 적어놓는 것이 좋다. 마음에 들었던 구절을 옮겨적기만 해도 좋고, 여유가 된다면 독후감을 써도 좋다. 나는 서른 살이 넘어서 독후감을 써보는 일과 스크랩을 시작했는데, 지금까지 써놓은 모든 글이 나의 가장 큰 재산이 되었다.

　전문의를 준비할 때의 일이다. 광범위한 시험 범위 때문에 족보집만 12권이었다. 일단 족보집을 한번 다 띠어보자고 의기투합했다. 우리 내과 전공의 8명이 똘똘 뭉쳐서 밤낮으로 공부했다. 우리는 각각 내과의 다른 파트에서 1년간 치프(전공의 4년 차)생활을 했기 때문에, 모두 자신의 전문 분야가 달랐다. 각각 자기 분야의 문제와 슬라이드 사진을 해설해주었다. 두 달이 지날 즈음 우리는 12권째의 마지막 장까지 공부를 마쳤다.

　시험 범위를 모두 훑어보았다는 생각에 보람과 자긍심이 넘쳐야 할 시간이었지만 분위기는 싸늘했다. 이미 두 달 전 공부했던 첫 번째 책을 누군가 펴들었고, 그의 외침에 모두가 공감했기 때문이다. 누군가가 외쳤다.

　"어? 내 책인데, 누가 밑줄을 그어놨네."

　이어서 다른 누군가가 말했다.

　"누가 내 책 빌려 간 거 아니야? 색칠을 해놨잖아."

　그러자 모두가 비슷한 말로 한 마디씩 거들었다. 새까맣게 모르는 글자들, 심지어는 처음 보는 내용 같은데, 문장들 밑에는 본인이 공부했던 흔적이 남아 있었던 것이다.

　공부란 이런 것이다. 두 달만 지나면 새까맣게 잊어버

리는 것이 공부다. 그러므로 방법은 역시 하나밖에 없다. 호기심과 감탄사로 시작하는 책 읽기, 그리고 정리해놓기. 이것이 내가 아는 유일한 공부법이다.

유머가 깃든다

아내가 만삭일 때였다. 의사는 아기가 아직 크기가 작다며 잘 먹고 푹 쉬기만 하라고 당부했고, 아내는 주치의의 조언을 충실히 따르고 있었다.

출산 예정일이 일주일 정도 지났을 때 진통이 왔다. 강한 진통이 주기적으로 반복되었다. 막상 아버지가 된다는 생각에 덜컥 겁이 난 나는 아내에게 조금만 참아보자고 했다. '아무리 생각해도 난 준비가 안 됐는데, 가 진통(false labor)이었으면 좋겠다'라고 생각했다. 병원에 둘이 들어갔다가 셋이 나오는 장면은 물론 기쁜 일이지만, 한편으로는 낯설고 버거운 일이기도 했다. 그러나 진통은 아침까지 지속되어 우리는 다니던 산부인과 병원을 찾았다.

진통은 점점 뚜렷해지고 있었다. 얼마 안 있으면 내가 아버지가 될 것이라는 것은 이미 기정사실이었다. 아가는 대문을 박차고 나올 기세였고, 아내는 진통 중이었고, 나는 분만 대기실과 커피 자판기 사이를 오가며 어쩔 줄 몰라 하고 있었다. 입원한 지 여덟 시간 정도 경과했을 때였다. 갑자기 간호사들의 움직임이 바빠졌고, 의사를 호출하는 전화 목소리가 들렸다. 곧 주치의가 와서 보호자인 나에게 설명했다.

"보세요. 멀리 문이 보일 때는 크기가 정확하게 가늠이 되지 않아 저 문으로 들어갈 수 있을 것 같았는데요. 막상 머리를 들이박아 보니, 문이 작은 거예요. 그러니까 닥쳐야 알 수 있는 일들이 있는 거예요. 아이가 나오는 입구가 작아서 아이가 힘들어해요. 지금 수술해야겠습니다."

나에게 선생님의 말씀은 무슨 선문답처럼 들렸다. 막상 들이박아 봐야 알 수 있다는 말. 그래 세상에 준비된 아버지가 어디 있나. 인생사란 닥쳐야 알 수 있는 것. '아버지 되기'도 마찬가지일 것이다. 아이 머리가 빠져나오기에 대문이 작다는 걸, 아이도 선생님도 엄마도 닥쳐서야 알게 된 것 아닌가.

분만실에서 아이는 처음으로 공기를 처음으로 흡입하며 당차게 울었고, 몇 시간 후에는 당차게 젖을 빨았다. 무슨 일이든 닥치면 다 할 줄 알게 되는 것이 인생일까. 나는 막 태어난 조그만 생명을 보며 '열심히 살아야 하는구나'라는 아버지다운 생각을 하게 되었다.

돌아보면 닥쳐야 알게 된다는 말은 사람의 인생을 관통하는 일이관지(一以貫之)의 진실이 아닐까 싶다. 전문의 시험도 닥쳐서 알게 되었고, 군의관을 위한 훈련소 생활은 정말 닥치지 않으면 알 수 없는 일들이었다. 서른이 훌쩍 넘은 사람들을 30미터 높이의 구조물 위에서 뛰어내리게 할 줄은 정말 몰랐다. 결혼을 하고 누군가와 함께 가정을 꾸리고 살아가는 것과 아이를 낳고 키운다는 것도 닥쳐봐야 알 수 있다.

아이들 키우는 과정이 그런 것인 줄은 상상도 못 했다. 방목하듯 아이들을 아침에 풀어놓았다가 저녁에 거두어 맥이고 재우는 것이 육아인 줄 알았는데(내가 그렇게 자란 줄로만 알고 있었다), 완전한 착각이었다. 두 명의 아이는 24시간 부모를 가만두지 않았다. 먹고 싸고 울고, 밤이면 기침하다가 토하고, 자다가 깨서 칭얼거리고 부모는 온종일 피곤에 눈이 퀭하다. 어느 날, 아침에 눈을 떠서 정말 오랜만에 맛보는 쾌감을 느꼈는데, 밤에 잠을 한 번도 안 깬 것이다. 일고여덟 시간을 깨지 않고 자다니 세상에 이런 날이 오는구나. 둘째가 태어나고 처음 있는 일이니까 2년은 된 것 같았다. 숙면도 낯설어지는 것이 육아의 길이다.

군의관 생활을 마치고, 대학병원에서 전임의 1년을 수

료한 후 두 번의 새로운 직장을 얻었다. 전세와 월세를 전전하며 열 한 번의 이사를 했다. 새로운 사람들을 만났고 닥치는 대로 겪어내면서 살아왔다. 잘 적응해왔다고는 자부하지는 못하지만, 크게 부딪힌 적은 없었고, 모난 사람으로 인식되지는 않았던 것 같다.

닥치면서 성장하는 인생사에 가장 중요한 것이 있다면 '말랑말랑한 힘'이 아닐까 싶다. 변화되는 환경 속에서 유연하게 자신을 돌보고 적응하기 위해서는 유연한 정신이 필요하다. 지상의 생명체 중에 가장 연약하게 태어나는 동물이 인간이라고 하는데, 이 연약한 인간이 살아남아 화려한 문명을 이룩할 수 있었던 것은 단연코 말랑말랑한 힘 덕분이다. 이것으로 인해 아이들은 자라면서 환경과 사회의 자극을 받으면서 자기 자신에게 필요한 것을 습득하며 성장한다. 태어나면서부터 능숙한 역할에 고착된 동물은 새로운 것을 배울 여력이 없다.

'능숙한 역할'은 양날의 칼이다. 이것이 오히려 성장할 가능성을 제한할 수 있다. 전문가라는 역할과 사회적 지위 또는 사회의 시선은 오히려 올가미가 될 수 있는 것이다. 그간 정신이 말랑말랑하지 못해 힘들어하는 사람들을 꽤나 많이 봐왔다. 전문가에 대한 고정관념과 사회적 시선을 내면화해버린 것이 아닐까. 사회적 역할이 자기 정체성이 되어버린 것이 아닐까.

물론 그럴 수밖에 없는 환경적 요소들이 존재한다. 의사는 10대 후반에 이미 진로가 결정된다. 의대에 진학한 후에는 오로지 한 길만을 걸어야 하며, 그 길에서 살아남는 것이 유일한 목표가 된다. 의사가 되기까지의 기나긴 훈련과정은 정형화된 인간을 만드는 경향이 크고, 선배와 동료들과의 밀접한 관계들 속에서 성장하다 보니 오히려 다양한 경험과 다양한 의견을 들을 수 있는 기회가 줄어들게 된다. '나는 의사다'라는 자의식이 과도하면 타고난 성격이나 기질을 모른 채 혹은 그것들을 자신도 모르게 억압하면서 살아갈 수 있다.

　의사는 어디까지나 직업이다. 하루의 절반 이상을 직장이 '아닌' 곳에서 살아가야 하며 직장 내에서조차 우리는 치료자이면서 동시에 학습자다. 직업에 필요한 지식뿐만 아니라 함께 일하는 사람들과의 적절한 관계 맺기도 배워야 하며, 직장 밖에서는 또 다른 역할로서 살아가는 법도 익혀야 한다. 우리의 늙어가는 몸도 변화하며, 우리를 둘러싼 사회적 환경들도 끊임없이 변해간다. 적절하게 그리고 좋은 방향으로 변화해 나아가는 것을 성장이라 한다. 성장하기 위한 정신의 '유연함', 그것을 미국의 교육지도자 파크 J. 파머(Parker J. Pamer)는 '초심자의 힘'이라고 불렀다.

고착화되지 않기 위해, 나는 기성 작가로서 내 '커리어'를 내려놓고 초심자로서 다시 시작해야 한다. 사실 나는 하루의 새로운 순간마다 초심자이며, 그 모든 순간에 아직 알려지지 않았을뿐더러 시도된 적도 없는 가능성이 제시된다. 이 사실을 받아들이고 무슨 일이 일어나는지를 봐야 하지 않겠는가? 선종의 스승 스즈키 순류의 말처럼 "초심자의 마음에는 많은 가능성이 있지만, 전문가의 마음에는 가능성이 별로 없다."

　　몇 년 전에 대학병원 시절 호흡기내과 교수님이셨던 신계철 선생님을 다시 만나 식사를 할 기회가 있었다. 선생님은 내가 수련했던 병원의 원장님까지 역임했고, 지금은 퇴임해 새로운 직장을 얻었다. 여전히 새벽같이 일어나 매일 출근해야 하는 바쁜 생활을 하고 있던 선생님이 술 한잔 권하면서 했던 말이 너무 좋았다.

　　"전철에서 내려서 직장까지 걸어갈 때 매일 길을 다르게 하니까 재밌더라고. 교외 길로 걸어가면 길에 꽃이랑 자연을 보는 재미가 있고, 시장통을 지나갈 때는 사람구경도 재밌지."

　　수십 년간의 원로 교수 생활에 4년간은 원장님 명패를 이용해 일을 하던 습관과 권위가 전혀 남아 있지 않아 보였다. 닳고 닳은 말로 치하하는 사람도 없고, 꾸벅꾸벅

인사드리는 사람도 없고, 검은색 고급 세단 승용차의 차문을 열고 대기하는 기사도 없는 아침 출근길이다. 갓길에 핀 꽃들과 아침 일상을 시작하는 분주한 사람들을 보면서도 재미를 느끼는 모습에서 노년의 유연한 품격이 보였다. 그래서인지 교수님은 이야기 중간중간에 유머를 섞어 쓰는 것을 잊지 않았다. 유머는 정신이 말랑말랑해야 끼어들어갈 공간이 생기는 것이다.

나도 갓길에 핀 꽃을 보며 재미를 느끼고, 술 한잔할 때 유머를 잃지 않는 그런 사람이 되리라 다짐한다. 어떤 상황에 부딪히더라도 유연하게 성장해갈 수 있는 사람 말이다.

진로

의과대학에 입학한 의대생들의 진로는 크게 두 가지로 나뉜다. 하나는 생화학이나 해부학 등 기초과학을 연구하는 기초과학 분야고 다른 하나는 환자를 진료하고 치료하는 임상의사의 길이다. 일반적으로 의사라고 하면 환자를 치료하는 이미지를 떠올린다. 나 역시 그런 생각으로 의과대학에 들어갔다. 임상의사의 길은 크게 세 가지로 나뉜다. 대학병원의 교수와 개원의 그리고 나머지 하나가 봉직의다.

나는 애시당초 대학병원에서 일하는 교수의 길을 접었다. 학생 때부터 생각이었다. 학문의 길은 내가 가야 할 길은 아니라고 생각할 수밖에 없는 일들의 연속이었으니까. 내과 전공의를 하는 동안에도 많은 전공의가 대학병원에 남아서 조교수가 되고 교수가 되는 꿈을 꾸었지만, 나는 처음부터 마음이 편했다. 내가 갈 길이 확실했던 것이다.

　수련 과정을 마치면 일단 대학병원 밖으로 나가서 취직해 봉직의가 되고 싶었다. 어디에 취직할지는 대략 방향만 정했다. 강원도 원주에서 주욱 살아오면서 동해는 많이 가봤으니까 서쪽이 나을 것 같았다. 교수님께도 서쪽으로 가겠다고 말했었는데, 지금 9년째 서쪽 끝에 위치한 도시 인천에서 살고 있다. 아무래도 말이 씨가 된 것 같다.

　대학병원과 대학병원이 아닌 곳에서의 의사 생활은 많이 다르다. 대학병원은 환자를 보는 진료 외에 학생들을 가르치는 '교육자', 그리고 논문을 읽고 써야 하는 '연구자'로서의 역할을 겸해야 한다. 반면 개원이나 봉직의는 연구와 교육이 없기 때문에 대부분의 시간을 진료에 투자한다. 개원의는 병원이 자기 사업이므로 경영을 함께해야 한다는 것이 큰 차이점이라 할 수 있겠다.

　연구자가 되는 것에는 자신이 없었다. 일단 논문이 재미가 없고, 논문을 쓰는 것에는 더욱 소질이 없었다. 반면에 환자를 대하는 것은 비교적 잘하는 것 같았다. 교육자로서의 삶은 조금 욕심이 나긴 했지만, 일단 싫은 것을 피하는 것이 우선이었다. 전임의 과정을 마치자마자 곧바로 대학을 나와 준종합병원에 호흡기내과 의사로 취직

했다.

진로를 결정하는 데 있어 내게 가장 큰 영향을 끼친 것은 읽기와 쓰기에 대한 나의 성향이었다. 나는 문학작품이나 대중과학책은 그런대로 재미있게 읽는 데 반해 논문에는 흥미를 느끼지 못했다. 나중에 알게 된 것이지만, 나는 읽는 것뿐만 아니라 쓰는 것도 몹시 좋아한다. 글쓰기는 재미있고, 쓰는 것 자체가 나에게 하나의 경험을 선사해준다.

물론 내가 좋아하는 글쓰기는 논문이 아니라 산문이다. 논문과 산문에 대해 내가 갖게 된 호불호는 뚜렷했다. 논문은 실험 결과나 데이터를 토대로 해야 하고, 문체는 간결하게 정보를 전달할 수 있어야 한다. 좋은 논문이 나오려면 타 논문의 방대한 자료를 습득하는 노력도 필요하다. 반면 산문은 주관적이다. 실험 결과나 임상 데이터가 없어도 되고 내면에 집중하면서 감정을 전달하는 것이 가능하며 유머를 섞어 써도 문제가 되지 않는다. 산문형 인간과 논문형 인간으로 사람들을 나눌 수 있다면 나는 전자로 심각하게 기울어진 사람이다.

나의 진로 결정 방법이 전적으로 옳은 건지는 모르겠다. '산문형 인간 vs 논문형 인간'의 대립구조가 딱 맞는 것은 아니겠지만 진로를 선택할 때 고려할 수 있는 요소 가운데 하나는 될 것이다.

임상의사의 전공도 종류가 여러 가지라서 의사가 되어가는 학과 과정에 들어선 이후에도 진로 결정이 쉽지 않다. 일단 학생 때 병원 실습을 하게 되고, 인턴이 되면 모든 과를 돌아가면서 일하게 된다. 이는 임상과를 직접 접할 유일한 기회라 중요한 경험이라고 할 수 있다. 직접적 경험 외에도 선배로부터 또는 매체를 통해서 알게 되는 것들도 있다. 이런저런 방법으로 의학과 전공자들은 자신의 평생 직업을 선택하게 된다.

그러나 나의 경험으로 보건대, 우리 교육과정은 정작 중요한 것 하나를 놓치고 있다. 바로 자기 자신이 어떤 사람인가에 대한 것을 모른다는 것이다. 교육체계와 커리큘럼 자체가 '나는 어떤 사람인가?'에 대한 각성과 감성을 키워주는 데는 많이 부족하다.

오랜 기간 같이 일하는 의사 동료들을 지켜보면서 비슷한 상황임에도 저마다 느끼는 스트레스의 차이가 매우 클 수도 있다는 걸 알게 되었다. 이것은 의학 지식이나 훈련의 차이가 아니라 기질의 차이에서 비롯된 바가 크다. 그러나 기질과 진로가 사랑의 작대기처럼 시원하게 연결되지는 않으며, 심지어 심각하게 어긋나 있는 경우를 보기도 한다. 자신과 맞지 않는 과를 선택한 탓에 고생을 하는 것인데, 문제의 핵심은 역시 자기 자신을 잘 몰랐다는 데 있다.

두 명의 의사에게 의견을 구했다. 첫 번째로 나은병원 외과부장으로 있는 박순도 의사에게 물었다. 외과의사로서 살아가기에 필요한 기질 또는 품성 두 가지만 꼽아보라고 요청했더니 즉석으로 대답이 나왔다. 박순도가 말했다.

"일단 기본적으로 필요한 게 있어. 외과의사는 '공간 감각'이 좋아야 해. 적어도 평균 이상은 되어야 하거든. 몸 안의 삼차원적 구조를 살피며 자르고 꿰매야 하는 일이잖아. 공간 감각이 상대적으로 부족한 사람들은 수련 과정부터 혹독하게 힘들어. 교수님들에게 엄청 혼나고 전문의가 되고 나서도 고생해."

일단 기본은 들었다. 그는 가장 필요한 덕목 두 가지 정도를 꼽을 수 있다며 말을 이었다.

"'인내'와 '직관'이지. 외과의사는 수술로 뚝딱 병을 낫게 하는 게 아니거든. 환자의 몸은 수술 후에 긴 시간을 보내면서 서서히 회복되는데, 이 시간을 기다리는 인내가 필요해. 그리고 '직관'을 꼽은 이유는 갑작스럽게 결정을 해야 할 때 직관이 필요해서야. 사람의 몸은 기계가 아니라서 수술 중에 발생하는 돌발적인 사건들이 있기 마련인데, 이때 계속할 것이냐, 말 것이냐, 출혈 때문에 앞이 안 보이는 상황을 어떻게 해결할 것이냐. 즉시 판단하고 처치하기 위해서는 경험과 지식에 더해진 플러스알

파가 있어야 해. 그게 '직관'인 것 같아."

평소답지 않은 유창한 언변에 놀란 내가 물었다.

"야, 순도야 진짜 말을 멋지게 한다. 어디서 준비해둔 멘트 아니냐."

"하하, 사실 몇 년 전에 누가 물어보기에 대답해줬던 내용이야. 근데 지금은 생각이 바뀌었어. '인내'와 '습관'으로 바뀌었어. 직관보다 '습관'이 더 중요한 것 같다. 실수를 최소화할 수 있는 습관, 예를 들면 수술 전 준비를 철저히 하는 습관, 수술 방에서 메스나 거즈를 어느 위치에 놓는 지도 하나의 습관이지. 수술 후 환자 회진을 도는 습관 같은 거지. 평생 의사를 해야 하는 사람에게 올바른 습관은 실수를 줄여주거든. 의사에게는 한 번의 실수이지만, 환자에게는 수십 년을 가지고 살아가야 하는 몸이니까. '습관'이 중요하다고 봐."

연구자로서 필요한 덕목이 따로 있을까. 폐암의 연구자로서 굵직한 논문을 다수 써냈고, 폐암 환자들을 돌보고 있는 인하대학교 류정선 교수님께 소주 한잔을 건네며 물었다.

"의사이자 동시에 연구자로서의 삶을 살아오셨는데, 연구자로서의 삶에 가장 중요한 게 있을까요?"

교수님은 마치 준비했다는 듯이 말을 꺼냈다.

"첫 번째는 소통인 것 같아. 의학 연구라는 것은 혼자

하는 게 아니거든. 이미 각 분야의 훌륭한 전문가들이 있어. 좋은 결과를 내기 위해서는 여러 전문가와 소통하는 게 중요해. 소통하려면 무조건 겸손해야 하지. '내가 더 많이 알고 있다'는 생각을 가지고는 다른 사람에게 무언가 배울 수가 없어. 납작 엎드려서 배우는 자세가 필요해. 그래야 소통이 가능하거든."

교수님은 자신과 소통했던 사람들의 이름과 추억들을 나열했다. 마치 어제 일인 듯 메일로 주고받은 대화마저도 생생하게 기억하고 있었다. 이야기가 길어질 것 같아 내가 질문을 했다.

"교수님 한 가지 더 필요해요. 연구자로서 필요한 또 한 가지가 뭘까요?"

교수님은 목이 마른지 소주를 한 잔 들이켜고 말을 이었다.

"호기심, 그래 호기심. 그냥 호기심이 아니고 엄청난 호기심. 근본적인 호기심(essential curiosity)이라고 할까, 환자를 보면서 생기는 호기심 있잖아. 어떻게 이 환자를 살릴 수 있지? 이 환자에게 더 나은 진단은 없을까? 그런 호기심 없이는 안 돼. 연구가 시작은 쉽지. 그러나 의학연구가 의미 있는 결과를 도출하는 과정은 1~2년에 되는 게 아니거든. 수년에서 수십 년을 헌신하면서 기다려야 하는 것인데 그게 쉽지 않아. 대부분 포기하는 길이거든.

호기심은 창의적인 아이디어로 연구를 시작하게 해주고, 포기하고 싶을 때 계속할 수 있게 해주지."

수십 년간 의료 현장에서 몸담았던 분들의 조언이라 더욱 묵직하게 다가왔다. 인내와 직관(습관), 소통과 호기심, 모두 몇 글자 안 되는 단어들이지만 오래 숙성되어 진액이 스며 있는 것 같다. 그렇다면 나도 내과의사가 되기 위해 필요한 품성을 단어로 요약해보면 어떨까. 음… (10분 정도 소요) 막상 단어 몇 개로 정리하기가 쉽지 않지만, 떠오르는 단어를 두 가지만 소개한다. '공감'과 '존버', 즉 환자들에게 공감할 줄 아는 능력과 버티는 능력. 이것이 내가 꼽은 내과의사로서 잘 지낼 수 있는 성품 두 가지다.

청진기

환자들의 이야기를 책으로 내보겠노라고 1년 정도 열심히 글을 쓴 적이 있다. 치료 과정에서 생겼던 일이나 환자 또는 가족과 나누었던 대화가 이야기의 주재료가 되었다. 사실 평소 바쁜 일정 때문에 환자의 이야기를 길게 듣지 못하는 경우가 대부분이긴 하지만, 이 시기에는 가급적 많은 이야기를 들으려고 최선을 다했다. 진료실에서 환자가 나가자마자 바탕화면에 한글 프로그램을 띄우고 우리가 나누었던 대화를 적었고, 심지어 환자가 작심하고 긴 이야기를 할 때는 적으면서 듣기도 했다. 입원 환자들을 회진하고 나서 진료실에서 제일 먼저 한 것 역시 환자와 나눈 생생한 대화가 기억에서 소실되기 전에 적는 것이었다.

그렇게 쓰인 문장들을 시간이 날 때 다시 읽어보았고, 거기에 나의 느낌을 입혀서 하나의 에피소드를 완성했다. 머릿속으로 구상하고 책이 만들어지기까지 2년이 걸렸는데, 그 과정에서 내가 얻은 것들은 단순히 책을 출간했다는 것 이상이었다. 기대 이상의 예상하지 못했던 수확이 있었다. 그 경험을 토대로 의사에게 글쓰기가 왜 중요한지 정리해보았다.

글은 세밀한 감정의 청진기

앞서 말했듯 병원은 두 가지의 시간대가 공존하는 공간이다. 의사들의 '일상'이 흘러가는 크로노스의 시간과 환자와 가족들의 절박한 '비일상'이 흘러가는 카이로스의 시간. 하여 의사는 스스로 자각하지 않는다면 '일상'의 눈으로 '비일상'을 바라보게 되는데, 이 때문에 대부분의 경험을 무의미하게 흘려보내기 쉽다. 다른 시각에서 보면 의료인이 아니면 쉽게 경험할 수 없는 사건들임에도 의사는 무심히 흘려버리고 잊어버린다. 누군가가 병에 걸렸다면 '병원이니까' 생기는 일인 것이고, 나는 직업이 의사니까 그런 일들을 보게 되는 것이다.

　글은 이러한 무심히 지나쳐버린 일상에서 '의미'들을 건져 올리는 낚시 같은 역할을 한다. 무심히 기억나는 대로 쓴 글에서 평소 같았으면 그냥 버리고 말았을 의미가 낚이기도 하고, 가끔이지만 꼭 기억해야만 하는 것을 건져 올릴 때도 있다. 나 자신의 대응이 과도했다는 성찰을 하게 되기도 하고, 환자나 가족의 세심한 감정을 뒤늦게 파악하게 되기도 한다. 가끔은 뒤늦은 발견에 짜릿함이나 안도감을 느끼기도 한다. 이런 경험은 글쓰기의 재미를 더해주고 글쓰기를 계속하게 해주는 동력이 되어준다. 손맛을 알면 낚시를 놓을 수 없는 것과 비슷하다.

단지 기억하고 싶어서 시작한 글인데, 마무리를 지을 때 즈음이면 전혀 다른 글이 되어 있는 경험을 하기도 한다. 문장이 시작되고 나서 앞의 문장이 새로운 의미를 발견하여 다음 문장을 만들어내기도 한다. 이럴 때면 글이 꼭 감각기관 같다는 생각을 하게 된다.

2017년 출간한 『우리는 영원하지 않아서』라는 책을 쓰면서야 알게 된 사실 몇 가지가 있다. 하나는 임종을 앞둔 가족들과의 면담 과정에서 느꼈던 것인데, 그들의 죽음에 대한 '불안'과 '두려움'이 과거보다 더욱 크다는 것이다. 대화를 깊게 할수록 그것을 더 확연하게 느꼈다.

그 변화가 어디서 왔는지 궁금했다. 그래서 시작한 공부를 통해 죽음을 다루는 문화와 제도가 바뀌었다는 것이 중요한 이유라는 결론에 도달했다. 이 역시 글을 써보지 않으면 몰랐을 사실들이다. 또한 죽음 앞에서 의연하며, 죽기 전까지 유머와 위트를 잃지 않는 연로한 어머니들의 마음이 얼마나 대단한 것인지도 알게 되었다. 회진 시간에 있었던 몇 분간의 진료일 뿐이지만, 그 순간을 글로 남기고 나면 짧은 시간 동안 일어난 여러 감정을 뒤늦게 알 수 있다. 글은 세밀한 감정의 청진기라 할 수 있다.

소외된 '나'를
다시 주인공으로 만들어주는 수단

매일 똑같고, 그날이 그날 같은 일상에서 우리는 직장에서 정해놓은 시간표대로 움직인다. 아침에 눈을 떠서 기계적으로 양치를 하고 배를 채우고 출근을 하고 회진을 돌고 외래환자를 보고 병실 환자를 보고 퇴근을 하는 일상. 하루의 가장 많은 시간을 보내는 직장에서 나는 대부분의 시간을 '사는 것'이 아니라 '겪으면서 흘려보낸다.' 마치 내가 주인이 아니라 손님인 것처럼 행동한다.

자신의 스케줄뿐만 아니라 시선과 관심까지도 남들이 정해놓은 것을 그대로 받아들이다 보니 승진과 관계없고, 수입과도 관계없고, 나의 명성과도 아무런 관련이 없는 일들은 부수적인 일들이 되고 만다. 이런 생활은 '자기'를 잃어버린 또는 소외시켜버린 상태라 할 수 있다. 내가 누구인지, 내가 무엇을 하고 싶은지를 잊어버리고 사는 일상 속에서 매너리즘에 빠지는 것은 시간문제다.

다시 주인공으로 돌아가고 싶다면 글을 써 보라고 권하고 싶다. 일단 적는 것이 중요하다. 재미있든 재미없든, 오늘 있었던 일을 적어보고, 그것을 다시 읽어보는 것이다. 경험이 하나의 서사를 가진 이야기가 되었을 때, 나는 그 이야기의 주체임을 자각하게 된다. 글을 쓰는 자가 '나'이므로 모든 일이 나에게 벌어졌고, 그것으로 인해 내가 어떻게 되었는지가 이야기의 핵심일 수밖에 없다.

글에 대한 재능이 있으면 좋지만 없어도 상관없다. 재능이 아니라 '필요'에 의해서 시작해보는 것이다. 그저 묘사하기만 하면 된다. 내가 들은 말들, 내가 했던 행위들을 일단 적는다. 그러고 나서 시간이 날 때 느낌을 덧붙일 수 있겠다. 내가 무엇을 원했으며, 무엇을 피하고 싶었는지를 새삼 적어나가게 되고, 지금 겪는 감정이 무엇 때문인지도 알게 된다. 글로 구체화되면 답답한 상황의 해답이 나오기도 하고, 답이 안 나올 때면 최소한 답없는 상황이라는 것을 알게 된다.

그러면 한결 견디기 쉽다. 이런 상황이 반복되면 재미도 생기고 글에 대한 욕심도 생긴다. 일단 시작하는 것이다. 써보지 않고 글의 능률이 오르기를 바랄 수는 없다. 주인공이 되기, '겪는 삶'이 아니라 능동적으로 '사는 삶'을 회복하기. 글은 그 중요한 방법이 될 수 있다.

돌아보면 나 역시 의사 생활의 매너리즘에 빠졌을 때 글쓰기에 매달렸었다. '무료함'과 '권태'라는 감정의 웅덩이에서 빠져나오기 위해서 글쓰기에 매달렸던 것은 신의 한수였다고 평가한다.

문제적 글쓰기

의사로 살면서 절실하게 느끼는 것은 감정을 다루는 스킬이 매우 중요하다는 것이다. 왜 이것을 학생 때는 가르쳐주질 않았을까 의구심과 함께 안타까운 마음도 들었다. 나와 타인의 감정선을 조율하고, 적절한 관계를 맺어나가는 것이 진료 현장에서는 매우 중요하다. 그러나 의사들의 훈련 과정은 지식과 기술 습득에 지나치게 치우쳐 있다. 현장에서는 감정을 다루는 일이 질병을 다루는 못지않게 중요한데 말이다. 아마도 학문의 대상에 '나 자신'이 포함되지 않는 현대과학의 한계가 아닐까.

의학이라는 학문 분야는 현대과학의 최전선의 결과물들을 사람에게 적용하는 학문이라 논문의 중요성을 매우 강조한다. 물론 당연히 그래야 하지만 지나치다는 느낌이 있다. 논문의 중요성을 폄하하려는 것이 절대 아니다. '균형'이 필요하다는 말이다. 교육과정에서도 마찬가지인데, 논문의 중요성을 지나치게 강조하고 문학과 인문학이 지나치게 경시되어 있는 것 같다. 배우는 과정도 부족하고 학생들도 필요를 느끼지 못한다. 나 역시 학생 때 소설을 읽는 사람들을 이해하지 못했다. '그래봤자, 허구잖아, 잠깐의 재미지 뭐가 남겠어?'라고 생각했다. 아마도 많은 의대생이 같은 생각을 하고 있을 것이다. 독서와 글쓰기는 그 효능이 서서히 살면서 나타난다. 시험 위주의 생활 속에서 사실, 이 두 가지를 수행하기란 쉽지 않을 것이다.

그렇기 때문에 의사들에게 논문이 아닌 글쓰기는 매우 낯선 영역이다. 말 그대로 '문제적'이다. 동료 의사들만 보아도 독서를 하고 글쓰기를 취미로 하는 사람들은 드물다. 그러나 진료 현장에 나와서 10여 년 일을 해오면서 글쓰기가 아니었다면 나의 삶이 질이 지금과는 전혀 달랐을 거라는 것을 피부로 느낀다. 글은 세밀한 감정의 청진기이고, 나를 주인으로 회복해주는 길잡이다. 또한 글쓰기는 자신과 타인을 더욱 잘 이해하는 방법이다. 진료 현장에서 의학적 지식 다음으로 이것만큼 중요한 것이 또 있을까.

의사

세 번째 병실 회진을 돌고 나올 때였다. 아까 그 여성이 병실 문 앞에 서 있었다. 그녀는 두 발을 어깨너비로 벌리고 척추와 모가지가 일자로 굳은 듯 꼿꼿하게 서서 나를 똑바로 쳐다보았다. 구두 뒤꿈치는 못으로 바닥에 박아놓은 듯 한발짝도 안 움직인 채로 내게 소리를 질렀다.

"진실을 말하라고요, 진실을!"

그러고 나서 그녀는 손에 들고 있던 서류뭉치를 내게 던졌다. 다행히 서류들은 그녀의 발밑으로 곧장 떨어졌다.

회진 돌기 전에 나와 면담하던 여성이었다. 일주일 전쯤 그녀의 오빠가 사망했는데, 그녀는 오빠의 사망을 의료진의 실수로 생각하고 있었다. 나에게 서류 한 뭉치를 가지고 와서 이것저것 캐물었다. 나는 간호실 스테이션에 엉거주춤 선 채로 대답을 했다. 질문이 될 법한 것을 물어봐야지, 어찌 이런 것으로 의사를 의심할 수 있는지

속상하기도 했다.

심폐소생술을 하는데 에피네프린을 왜 이렇게 많이 썼냐고 따져 물을 때는 나도 짜증을 참지 못했다. 그것도 모르냐고, 정 못 믿겠으면 다른 병원 의사들에게 물어봐도 좋다고 말한 후 회진을 시작했다. 그러자 그녀의 분노가 폭발했다. 눈빛은 이글거렸고, 얼굴의 근육들이 불끈거리며 타올랐다. 전공의 1년 차 때의 기억인데 지금도 그 얼굴빛이 생생하다.

그녀가 던진 서류뭉치는 나한테까지 날아오지 못했지만, 나 역시 심적인 상처가 컸고, 그 후유증은 오래갔다. 당시 나는 경험도 실력도 부족한 신참내기 의사였다. 자신의 가족을 죽음에 이르게 한 사람(그것이 의심이라고 해도), 또는 죽음을 방조한 사람에게 던지는 분노와 증오의 눈빛은 정말 아픈 것이었다.

그때의 기억이 다시 떠오른 것은 레이먼드 카버의 단편소설집 『대성당』에 수록된 단편소설 「별것 아닌 것 같지만 도움이 되는」을 읽을 때였다. 소설에는 내가 겪은 기억과 비슷한 장면이 나온다.

줄거리는 대략 이렇다. 여덟 살 아이가 뺑소니 자동차에 치이고, 의식을 잃어 병원에 입원한 지 이틀 만에 사망한다. 아이가 차에 치이던 날은 아이의 생일이어서 엄마는 빵 가게에서 아이의 생일 케이크를 주문해놓은 상태였다. 부모는 아이를 병원에 데려가 이틀 밤을 꼬박 새며 간병하느라 케이크를 주문해놓았던 것을 깜박 잊었다. 그리고 케이크를 찾아가라고 전화하는 빵가게 주인을 빵소니 살인범으로 의심한다.

아이가 사망선고를 받은 날 밤, 부모는 빵가게로 향한다. 빵가게 주인은 자신을 살인범이라고 오해한 부모와 마주 앉는다. 아이의 엄마는 빵집 주인이 빵소니차의 운전자라는 것을 확신한 듯 몰아붙인다. "이 못된 자식아"라며 자신의 증오를 쏟아붓는다. 순간 나의 과거의 기억이 되살아나면서 빵집 주인과 묘한 동질감을 느꼈다. 빵집 주인 역시 억울한 오해로 인해 살인자들이나 받을 법한 피해자들의 눈빛을 대하고 있지 않은가.

여기서부터가 중요하다. 그는 테이블을 치우고 의자를 가져와 부부를 자리에 앉게 했고, 커피와 롤빵을 함께 먹으면서 대화를 나눈다. 빵집 주인이 이야기할 때 부부는 귀를 기울인다. 서로의 이야기에 귀를 기울이다 보니 마음이 기울고, 부부의 마음속에 있던 분노와 슬픔이 가라앉기 시작한다. 그들은 빵가게의 형광빛이 햇볕 같다고 느끼고, 오랜 시간이 지났는데도 떠날 생각을 하지 않는다. 레이먼드 카버는 특유의 간결한 문체로 상황을 묘사하면서 감정의 드라마틱한 변화를 감동적으로 전달한다.

아이를 잃은 부모의 격렬한 슬픔과 분노를 가라앉힌 것은 경청이었다. 귀를 기울여 상대방의 이야기를 듣는 행위 자체만으로도 상대는 그가 나에게 마음을 기울였다는 것을 알게 된다. 빵과 커피가 있다면 더욱 좋겠다. 서로의 진솔한 이야기가 부드러운 카스테라와 커피의 향에 녹아내리는 분위기는 경청의 훌륭한 배경이 될 수 있다.

눈빛에는 눈빛으로 맞서는 것이 아니다. 깊은 상처를 받아들일 수 있는 것은 귀다. 분노와 증오는 아픈 상처를 어떻게 다루어야 하는지 모를 때 생기는 두려움에 기인한다. 만약 그날 간호실 스테이션 앞에서 서류뭉치를 들고 있는 여성에게 의자를 가져와 앉게 하고, 커피를 마시게 한 후 그녀의 얘기를 들었다면 어땠을까 하는 생각을 했다. 아마도 결과가 다르지 않았을까. 비합리적이라는 이유로 상대방의 자존심을 건드리는 말도 하지 않았을 것이고, 서류뭉치를 집어 던지는 증오도 사그라들지 않았을까.

병원에서 환자들을 만나고 그들의 이야기를 들으면서 인간이 참 작다는 생각을 하게 된다. 질병 하나가 삶의 패턴을 바꾸고 앞으로 살아가야 할 궤도를 틀어버리기도 한다. 질병은 선택할 수 있는 종류의 것이 아니다. 그것은 불가항력적이어서 별수 없이 그 존재를 인정해야 하고, 질병이 가져온 삶의 변화를 받아들여야 하며, 때로는 사랑하는 존재가 없는 세상을 받아들여야 한다. 그런 측면에서 인간은 작은 존재다.

의사도 작다. 한평생 노동자로 성실하게 살아왔지만 남은 것은 빚과 외로움과 질병만 남았다고 하소연하는 환자의 억울함을 해소해줄 수 없다. 아들이 죽고, 며느리가 죽고, 목숨만 남아 있는 자신이 원망스럽다는 노파의 심인성 호흡곤란을 해결해줄 수 없다. 거대한 구조와 체제라는 톱니바퀴에 맞물려 돌아가는 작은 군상을 구해줄 수 없다.

그러나 작은 존재지만 작지 않은 위로를 서로에게 줄 수 있다. 그것은 바로 귀를 기울이는 경청이다. 그들의 이야기를 얼굴을 마주 보고 천천히 '들어주는 것' 자체가 위로가 되고 치유가 될 수 있다. 앞서 소개한 단편소설의 원제목은 'A Small Good Thing(작지만 좋은 것)'이다. 작지만 도움이 될 수 있는 존재가 될 수 있다. 경청을 통해서.

『대성당』에 수록된 12편의 단편 속에는 '듣는 것'에 대한 긍정이 곳곳에 녹아 있다. 그러나 소설 전체를 볼 때 경청해야 하는 이유는 보다 근본적이다. '위로'와 '치유'가 될 수 있다는 것 이상의 이유가 있다.

그것은 세계의 실재에 관한 문제다. 세계는 표면적 감각으로 파악될 수 있는 것이 아니다. 표면 밑의 '깊이'를 파고 들어갈 때 실재를 보다 깊게 이해하게 된다. 작가가 소설의 곳곳에서 '보는 것'의 위험성을 지적하는 것은 이 때문이리라. '본다는 것'은 우리의 감각 중 가장 유용하며 빠르다. 빛은 빠르고 정직해서 대상에 반사된 빛으로 대상을 파악한다는 것은 가장 빠르고 정확하다고 생각할 수 있다. 그러나 빠른 만큼 한계도 크다. 자칫 보는 행위로 대상을 파악했다고 착각하기 쉬우며, 이것은 편견과 오만으로 인간을 이끌 수 있다.

책의 마지막에 수록된 단편 「대성당」에는 '볼 수 있는' 남성과 '볼 수 없는' 맹인이 등장해 이야기를 이끌어간다. 이야기 내내 맹인을 향한 남성의 비아냥과 조롱이 지속되다가 마지막에 드라마틱한 반전이 일어난다. '볼 줄 아는' 남성은 자신의 눈을 감았을 때 비로소 '눈'으로 보지 못했던 것을 보게 되는 장면이다. 이때 남성은 맹인의 권유로 눈을 감고 그림을 그리고 있었다. 소설의 마지막 문장은 남성의 감탄사로 마무리된다.

"이거 정말 대단하군요(It's really something)."

나는 마지막 장을 덮으며 소름이 돋았다.

우리는 누구나 '본다는 것'에 대한 우월감으로 세상을 바라보지 않는가. 시각에 기반을 둔 인종, 외모에 대한 편견을 가지고 있지 않은가. 내가 더 잘 '본다'고, 또는 많이 '봤다'고(그것이 책이 될 수도 있고, 사회 경험일 수도 있다) 잘났다고 생각하며 살지는 않는가. 좀 더 나아가 '감각'에 기반을 둔 세상을 전체라고 생각하고 있지는 않은가. 세상에 내가 모르는 또는 알 수조차 없는 뭔가가 있을 수 있다는 생각을 배제하며 살아가고 있지는 않은가. 내 앞에 서 있는 어떤 사람 안에 내가 파악조차 할 수 없는 깊이의 실재 혹은 그 이상의 뭔가(something)이 있다는 생각을 못 하고 있지는 않은가.

‘위드 코로나’
의사가
되어가는
중입니다

4

백신 접종실의

루틴

아침 일찍부터 병원 로비에는 한 줄로 길게 늘어선 사람들이 보인다. 길게 늘어선 줄은 코로나19 예방접종을 받기 위한 줄이다. 줄을 서서 예진표를 작성하고, 접종실에서 백신접종을 받고, 또한 부작용 감시를 위해 대기실에서 앉아 기다리는 장면은 2020년에 시작되어 앞으로도 쭈욱 계속될 것 같다.

백신접종이 본격적으로 시작된 2021년 6월부터 접종 관련 의료진에게는 완전히 다른 일상이 시작되었다. 병원 로비에는 보호복을 입은 직원들이 예진표를 작성하고 등록하는 과정을 안내하고, 원무과 직원들은 환자를 등록하고 예방접종을 완료했다는 기록을 접수한다.

백신도 종류가 세 가지라서 자칫하면 접종 오류가 날 수 있다. 병원 바닥에는 '아스트라제네카', '화이자' 혹은 '모더나'라고 쓰인 서로 다른 색깔의 화살표가 다른 접종 공간을 안내한다. 접종 대기자들의 옷에는 접종 종류에 따른 다른 색깔의 스티커가 붙어 있다. 접종 속도가 빠르지 않으면 대기 줄이 점점 늘어지고, 금세 대기자들의 불만소리가 터져나올 수 있기 때문에 직원들은 분주하게 움직인다. 페이스 실드 밑으로 흥건하게 땀이 흐르지만 제대로 닦을 시간도 없다. 자칫하면 "아니! 우리를 아침부터 이렇게 세워놔도 되는 거요?"라는 항의에 '웃으면서' 대답해야 하기 때문이다.

내가 접종 당번인 날이면 오전을 접종실에서 보낸다. 예진표를 확인하고, 서명하고, 처방을 내리는 일이다. 나는 그 시간이 무지 느리게 지나간다. 한 시간만 지나도 대여섯 시간이 지난 것 같고, 눈꺼풀이 무거워지면서 왠지 힘들다. 나는 시곗바늘이 지나치게 느리게 움직이는 것을 원망하며 간호사에게 묻는다.

"몇 명 남았나요?"

접종 간호사 선생님은 끊임없이, 엄청난 속도로 주사바늘로 피부를 뚫으며 이렇게 말한다.

"이제는 피부 밑 근육이 보일 정도예요."

지난 수 개월간 예방접종에 참여하면서 깨닫게 된 사실이 있다. 한국의 접종 속도가 빠른 한 가지 요인을 발견한 것이다. 바로 한국의 이름 체계다. 접종을 위해서는 여러 차례 본인 확인하는 절차가 필요한데, 이름을 묻고 확인하는 과정이 최소 두 번 이상은 필요하다. 이때 이 확인 과정이 언어에 따라 다르다. 복잡한 설명 없이 실례를 들어보겠다.

한국: 성함은요? 이낙원입니다.

미국: 왓츠 유어 네임? 마이 네임 이즈 낙원리.

일본: 나마에와 난데스카? 와타시노 나마에와 이낙원 데스.

문장의 길이가 곧 접종 속도와 연관되어 있음을 알 수 있다. 물론 지나친 비약이라고 생각하는 사람도 있을 것이다. 다만 본인 확인 절차가 '반복'될 수밖에 없는 접종 현장이란 점을 강조하고 싶다. 여기에 이름의 길이가 문장에 포함된다면… 그래도 비약이라는 주장을 할 수 있을까? 다시 비교해보자.

한국: 이낙원.

미국: 조세프 로비네트 바이든 주니어.(물론 '조 바이든'이라는 줄임말도 있다. 그래도 네 글자다).

일본: 스가 요시히데.

포르투갈: 크리스티아누 호날두.

포르투갈 사람이 일본에서 접종을 받는다면 최악의 길이를 보게 된다.

"와타시노 나마에와 크리스티아누 호날두데스!"

예문에 중국어가 빠졌다. 중국어는 우리말 못지 않게 이름 확인 문장이 짧다. 그러나 중국 사람들은 이름을 직접 써야 하는 예진표를 작성하는 데 매우 긴 시간을 할애할 것이므로 속도 경쟁력에서 뒤처질 수밖에 없다.

웃자고 썼으나, 생각보다 내 분석이 꽤 날카롭고 논리적인 것 같다.

바이러스

30세 여성. 38.7도의 고열이 있고, 두통과 몸살이 심하다. 어제 아침 아스트라제네카 백신을 맞고 새벽부터 열이 났다고 한다. 얼굴에 먹구름이 잔뜩 끼었다.

"백신 맞고 고열이 있는 분들이 있어요. 주사 한 대 맞고 가시고요. 오늘내일 지나면 괜찮아질 거예요."

"……."

환자가 일어설 기색이 없다. 뭔가 풀지 못한 질문과 감정이 있는 것이다. 내가 말했다.

"걱정이 되시지요? 인터넷 검색해보시고 오셨을 거고요(이때 환자의 얼굴이 풀어진다). 거기는 별의별 게 다 있어요. 검색하고 오신 분들은 꼬박 잠을 새우거든요"

여성의 얼굴이 완전히 풀리는 것 같다. 얼마나 힘들었던지, 눈에는 눈물이 다 비친다.

"네 너무 무서웠어요. 한숨도 못 잤어요. 괜찮을까요?"

내가 여러 차례 괜찮을 거라고 말하고 나서야 환자는 얼굴에 미소를 띠었다. 나가려고 일어서다 말고 다시 묻는다.

"제가 뭐, 조심해야 할 게 있을까요?"

"있죠. 검색하는 걸 조심하세요."

65세 여성. 의자에 앉는데 안색이 안 좋다. 딱 봐도 불만이 가득하다. 목도 아프고, 어깨도 아프고, 목 안에도 아프다고 한다. 목 안팎으로 다 아픈데 4일 전 백신 맞은 게 원인인 것 같다고 한다.

펜라이트를 켜고 목 안을 들여다보니 편도가 발갛게 부어올랐고, 가운데 궤양이 생겼다. 궤양성 편도염이 생겼다. 편도에 세균감염이 생긴 것이다.

"백신과는 상관없고요, 세균감염이 생긴 겁니다."

백신과 상관없다는 말이 나오자마자 환자의 표정은 더욱 일그러진다. 어이없다는 표정인데 말로 묘사하기가 어렵다. "참 나 기가 막혀서"라고 말할 때 함께 나오는 표정이며, 표정만으로도 나 역시 함께 흥분한다. 이런 일에도 나를 못 믿다니!

"아니, 제가 병원 한 번 안 가던 사람인데, 백신 맞고 생겼단 말이에요. 그런데 어떻게 아닙니까?"

"이것은 세균에 의한 편도염이에요. 세균이 입으로 들

어간 거예요. 백신이 아니고요. 백신이랑 아무 상관도 없습니다. 0퍼센트에요, 0퍼센트."

잠깐의 실랑이가 있었고, 나의 스트레스 호르몬도 함께 쫙쫙 분비되었다. 호르몬의 영향으로 나 역시 짜증을 내고 말았다("참 나, 기가 막혀서"라고 말할 때 나오는 표정을 지었을 것이다).

"저를 못 믿으시면, 다른 병원에 가시죠!"

결국 환자는 내가 처방한 항생제와 소염제를 처방받아 갔지만, 바로 다른 병원으로 향했을지 모를 일이다.

앞으로 일반인 예방접종이 늘어날 테고, 접종 후 병원을 찾는 사람들 늘 것이고, 언론도 여전할 것이다. 마음 준비를 단단히 해야겠다. 릴렉스, 캄 다운!

백신접종 후 매우 다양한 증상이 나타나며, 여기서 든 두 가지 사례는 비교적 흔히 있는 일이다. 가장 흔한 것은 가벼운 몸살 증상이지만, 1~2주 정도 이상 지속되는 두통과 쇠약감도 있다. 가벼운 두드러기나 피부에 멍이 드는 증상도 비교적 흔하다. 비교적 오래 지속되고 통증이 심한 경우 환자들은 불안감에 휩싸이게 된다. 환자들은 언론을 통해 보았던 심각한 부작용이 하필 나에게 찾아온 것은 아닐까 하는 의구심을 가지게 된다. 평소 불안장애나 신경증이 있던 사람은 백신 후 불안증이 악화하기도 한다.

불안 자체가 얼마나 사람을 고통스럽게 만드는지 겪어보지 않은 사람들은 모를 수 있다. 그들은 밤새 혈전증이라는 가공의 위험으로부터 벗어나기 위해 도망 다니다가 퀭한 눈으로 병원을 찾는다. 어떤 사람은 그럴 리가 없다는 내 말에 안심하고 돌아가기도 하지만, 어떤 사람은 그 자리에서 울어버린다.

"나는 이렇게 힘든데, 왜 선생님은 괜찮다고만 하는 거예요?"

불안장애로 정신과 진료를 받아보라고 하니 환자는 마음까지 상한 모양이다.

이런 대화는 대개는 길어질 수밖에 없고, 대화 후에는 기력이 소진하여 박카스 하나를 꺼내 먹어야 한다. 2021년 여름과 가을은 만만치 않은 계절이 될 것을 예감했다.

격리된

나날

8월 초 중환자실에서 다수의 코로나 환자가 발생했고, 확진자가 확인된 그날 중환자실과 추가 확진자가 발생한 병실 하나에서 코호트 격리가 시행되었다. 코호트 격리는 감염병 확산 위험을 줄이기 위해 코로나19의 잠복기가 끝날 때까지 환자와 의료진 모두를 동일 집단으로 묶어 전원 격리하는 것이다. 중환자실은 10명의 환자와 11명의 간호사를 포함한 총 15명의 의료진이 2주간 격리되었다.

당장에 그날 출근한 간호사들은 2주간 퇴근조차 못하는 신세가 되었다. 11명의 간호사들은 2교대로 근무를 해야 했다. 12시간은 중환자실 내에서 근무를 하고, 12시간은 중환자실과 연결된 1인실에 임시로 깔아놓은 매트리스 위에서 휴식을 취했다. 식사는 하루 세끼 병원에서 1회용 용기에 담아주는 식사를 해야 했고, 샤워는 1인실 병실 안에 있는 세면대를 활용해야 했다. 환자 중에는 신경외과의 중환자가 섞여 있었던지라 신경외과의 한영민 원장님은 자진해서 코호트 격리를 택했다. 환자를 위해 격리공간으로 자진해 들어가다니, 실로 감탄하지 않을 수 없는 용기 있는 결단이었다.

다행인지 아닌지 나는 격리대상이 되지 않았지만, 중환자실 내에 있는 5명의 환자를 진료해야 했기야 보호복을 입고 중환자실 회진을 돌아야 했다. 무엇보다 2주간 환자들이 중환자실 밖으로 나올 수 없다는 것이 문제였고, 행여나 사망에 이르게 되면 임종 과정을 어떻게 해야 할지도 난제였다.

우선 보호자들에게 일일이 전화를 걸어 사정을 설명하고, 환자가 격리되었으므로 2주간은 환자가 중환자실 밖으로 나올 수 없고 면회도 할 수 없다는 사실을 전했다. 걱정했던 것과는 달리 모든 사람이 상황을 이해해주었고, 심지어는 함께 격리된 의료진의 건강을 걱정해주는 사람도 있었다. 무엇보다 다행인 건, 격리 기간 2주 동안 추가 확진자가 나오지 않았다는 것이고, 더더욱 다행인 건 아무도 사망에는 이르지 않았다는 사실이다.

격리 기간이 길어지면서 의료진의 얼굴은 점차 자연화가 이루어지기 시작했다. 파마로 만들어놓았던 웨이브가 퍼지기 시작했고, 화장을 하는 것도 사치라 눈썹이 점진적으로 옅어졌다. 12시간의 근무시간도 고단하지만, 더 큰 문제는 나머지 12시간 동안의 휴식이 편안하지 않다는 것이다. 한 병실을 여러 명이 함께 써야 하는데 사생활이 어디 있을 것이며, 매트릭스 위에서 잠을 자는 것이 편할 수 있겠는가. 간호사들에게 격리가 끝나면 가장 하고 싶은 게 뭐냐고 물었을 때의 대답이 하나같이 푹 자고 싶다는 것이었다.

격리 3일 정도가 지났을 때 몇 명이 페이스 실드에 그림을 그려놓기 시작하자, 그것은 유행처럼 번졌다. 사람들은 페이스 실드에 자신의 기분을 표현하는 재치 있는 표정을 그려놓기 시작했고, 격리된 지 열흘이 넘어갈 즈음, 그 문양들은 대개가 우는 모습을 하고 있었다. 한 가지 위로가 되었던 것은 병원 도처에서 온정의 손길이 전해져, 2~3일에 한 번은 병원밥이 아닌 외부에서 들어오는 식사로 한 끼를 해결할 수 있었다는 것 정도겠다.

코호트 격리가 해제된 날, 간호사들은 2주 만의 자유를 되찾은 것을 기념하기 위해 기념촬영을 했다. 중환자실장이었던 나에게도 해방의 기쁨을 누리는 간호사들과 함께 사진기록에 남을 권리를 주었다. 다들 보호복을 입은 채로 다정하게 붙어 사진을 찍었다. 명백한 거리 두기 위반이었음에도 아무도 신경 쓰지 않았다. 이들은 지난 2 주간 아무도 안 만났으며, 지난 2주간 매일 코로나 PCR 검사를 해왔던 사람들이었다. 누구보다도 바이러스로부터 자유로운 사람들이고, 누구보다도 콧구멍이 깨끗한 사람들이었다.

이제는 매트리스 위에서 잠을 자지 않아도 되고 병원 밥이 아닌 먹고 싶은 음식을 먹을 수 있으며, 편안하게 씻을 수 있다. 얼마나 감격인가. 생각만 해도 감정이 북받쳐 올라서 촬영을 할 때 눈물을 비치지는 않을까 걱정을 했다. 대부분은 아마도 울컥 밀려 올라오는 눈물을 참지 못해 눈물바다가 될지도 모른다. 그러나 나는 그러지 말아야지 다짐하며 격리 해제 시간에 맞추어 중환자실로 갔다.

해지 시간이 되자마자 모두 한자리에 모였다. 격리되지 않았던 간호사가 사진을 찍었다. 내가 예상한 눈물바다 기념촬영은 상상이었다. 눈물을 보이는 사람은 단 한 명이었다. 대부분은 빨리 집에 가서 잠이나 푹 자고 싶다고 했다.

지구전이다 _____

2021년 봄 백신 접종 업무가 추가되었을 때만 해도 '그까 짓 거' 했다. 나야 뭐, 시간 맞추어 접종실에 가서 처방 내 리고, 부작용 있는지 관찰하면 된다(솔직히 간호사와 행정직 원들의 더 고생이다). 그마저도 아나필락시스라는 부작용이 100만 명 당 몇 명 생기는 일이다 보니, 내 생애 만나기란 매우 어려운 일이라 멀뚱멀뚱 바라보면 될 일이다. 권투 로 치자면 가벼운 잽이 들어왔고, 예상했던 잽이라 그냥 맞아주었다. 그런데 잽이 하나 더 추가. 권투에서도 잽은 보통 연타로 날리지 않나. 잽, 잽…. 두 번째 잽도 비교적 가벼운 편. 각종 부작용으로 병원을 찾는 사람들을 응대 해야 하는 일이다. 대부분은 두드러기나 두통과 같은 가 벼운 증상들이지만, 평소 불안증이나 신경증이 있는 사 람을 상담할 때는 애를 먹기도 한다. 가벼운 잽이지만 맞 은 데 또 맞은 것이어서 조금 아프다.

그런데 두 번의 잽으로 그치지 않았다. 유난히 덥고 길었던 찜통더위. 특히 열대야는 불면이라는 나의 급소를 찔렀다. 열대야로 잠을 설치니(에어컨을 켜면 춥고, 끄면 덥고. 온도에 민감한 것이 나의 약점) 낮에 피곤하고, 피곤한데 쉴 시간은 줄어들어 있고. 그러므로 찜통더위는 '훅'이다. 아픈 데 골라 때려 더욱 아픈, 오른손잡이 상대가 휘두른 라이트훅을 맞았다. 잽잽, 라이트 훅까지 연타로 맞으니 멘탈이 몽롱해져 더위에 녹았다.

그러나 시간이 가니 태양도 멀어지고 바람도 선선해진다. 갑자기 선선해진 저녁 공기에 비까지 내리니 가을이 훅 들어오는 듯하다. 일단은 더위부터 물러가면 그간 열대야에 녹아난 정신을 좀 수습할 수 있으려나 반가웠는데, 이번엔 행정명령이 짧고도 강력한 어퍼커트를 날렸다. 코로나19가 확산하면서 입원병실이 부족해졌고, 정부는 행정명령 발동하여 종합병원급 병원은 병상 수의 5퍼센트에 코로나19 환자를 입원시킬 수 있도록 했다. 이렇게 되면 우리 병원도 코로나19 환자를 입원시켜야 하고, 당장 다음 달부터 아침저녁으로 레벨D 방호복을 입고 회진을 해야 하는 일까지 생길 것이다. 잽잽 라이트훅 어퍼커트. 네 대를 연달아 맞은 셈이다.

그러나 버티자. 인생이란 경기는 잽 한번 못 날려봐도 버틴 사람에게 승리의 메달을 준다. 장갑을 낀 주먹은 있

으나 내리꽂을 상대가 없는 경기도 있다. 그런 링 위에서
는 종료 벨이 울릴 때까지 넘어지지 않고 서 있는 사람이
승자가 된다.

지구전이다. 버티려면 마음이 보드라워져야 한다. 마
음을 비우고 포기할 건 포기하자. 당장에 작년에 이어 올
해도 증발한 여름 휴가를 머릿속에서 지워버리자. 다행
히도 음악 하나를 제대로 만났다. 출근길마다 듣고 있는
BTS의 노래 하나가 나의 마음을 크게 고무시켜준다.

Let's break our plans((휴가) 계획은 다 집어치우고)

live just like we're golden(우리가 금인 것처럼 살고)

roll in like we're dancing fools(춤에 홀린 것처럼 즐기자)

We don't need to worry (걱정도 사라지고)

'Cause when we fall we know how to land(조만간 해결될
것을 알고 있다는 자각에)

이 가사를 무한 반복 듣다 보면 전철 문에 비친 내 모가
지가 까딱거리며 리듬을 타고 있다.

이제부터 '인생아, 너는 내게 술 한잔 사주지 않았다'
며 투정하지 않을란다. 지금부터 두 달 동안 자작할란다.
두 달만 버티면 '땡' 경기 종료 소리가 울릴 것이고, 나는
판정승에 의해 승자가 될 것이고, 장갑을 벗고 링 위에서

내려올 때 박수를 칠 것이다. 우리 참 잘 싸웠다면서 우리 모두를 위한 박수를 치며 춤을 출 것이다. 준비해놓은 안무도 있다.

누를 수 없는 ────────────

버튼

회진을 위해 엘리베이터를 탔다. 5층 버튼 위에 '사용불가'라는 스티커가 붙어 있었다. '이 엘리베이터는 5층에서 쉬지 않습니다'라는 안내문도 눈에 들어왔다. 일반 사용자들은 엘리베이터를 통해서 5층에서는 내리지 못한다는 말이다. 누구에게 물어보지 않아도 무슨 일이 일어났는지는 쉽게 짐작할 수 있다. 어제 5층 병동에서 확진자가 나왔다더니 코호트 격리가 되었을 것이다. 카톡방을 열었더니 5층 병동이 코호트 격리 되었음을 알리는 감염관리실 차장님의 공지가 올라와 있었다. 5층은 허락된 사람만이 허락된 복장을 한 후 드나들 수 있는 곳이되었다.

어젯밤 감염관리실 직원들은 얼마나 바쁘게 움직였을 것인가. 안 봐도 알 수 있다. 확진자의 동선 파악 및 접촉자를 확인하고 검사를 진행했을 것이다. 어제 오후부터 밤사이 관련 직원들이 수백 명이 밤새 코로나19 검사를 받았을 것이며, 감염관리실 직원들은 밤을 꼬박 새웠을 것이다. 어디 감염관리실뿐이랴. 코로나19 진단 장비는 밤새 가동되었을 것이고, 검사자들은 검사하고 검사를 보고하느라 역시 밤을 꼬박 새웠을 것이다. 감염관리실은 그 결과물을 가지고 보건소와의 협의 하에 병동 '코호트 격리'라는 쓰라린 결정을 내리게 되었을 것이다.

이제는 미래도 내다볼 줄 알게 되었다. 아마도 오늘 내로 시설팀이 투입되어 2주간 격리되어야 하는 의료진의 숙소를 만들 것이다. 병실 하나 또는 두 개 정도에 있는 집기를 모두 내놓고 안에는 매트리스를 깔아놓을 것이다. 숙박을 함께하는 의료진들은 열악한 환경 속에서 고군분투하며 환자를 돌봐야 할 것이다. 하루 세끼를 병원밥으로 해결하고 창밖에 햇살 아래 걸어 다니는 사람들을 부러워하는 마음은 시간에 비례하여 커질 것이다. '2주'라는 격리 기간은 추가 확진자가 나오지 않는다는 전제하에 내린 기간이라, 안심할 수 없다. 자칫 2주가 더 길어질 수도 있다. 격리가 해제된 후 해방을 맞이하는 사람들의 마음에는 이런 말이 새겨져 있을 것이다.

"두 번은 정말 못 할 것 같아."

격리된 병동 안에 환자가 있는 의사들은 4중 보호구

(마스크, 페이스 실드, 장갑, 보호복)를 착용하고 회진을 돌 것이다. 복장이 불편해진 것은 둘째 문제다. 당장에 환자의 가족들에게 격리 사실을 통보하고 양해를 구해야 하고, 행여나 환자 상태가 악화하지 않도록 각별히 신경을 쓰게 될 것이다.

엘리베이터에는 이제 사용금지가 붙어 있는 버튼이 2개다. 3층 버튼은 이미 한 달 전부터 사용금지다. 3층에 코로나 환자들을 수용하기 위한 병동이 생겼기 때문이다. 3층 사용금지는 더욱 철저하게 지켜져야 한다. 3층에서 내려 자칫 실수로 오염 구역에 들어갔다간 밀접접촉자로 분류되어 2주간 격리될 수도 있다. 버튼 사용금지는 '들어가서는 안 된다'는 접근금지를 의미한다. 엘리베이터 안에 들어온 환자 한 분이 5층에는 안 서냐고 물었다. "5A 병동 가시는 거죠? 1층에 가서서 A동으로 이동하시고 거기에 있는 엘리베이터를 타야 합니다"라고 대답해 주었다. 환자가 의아스럽다는 눈빛으로 도로 내렸다. 의아스러울 수밖에 없다. 코로나19가 만들어놓은 엘리베이터 풍경이다.

어 떻 게

벗느냐

방호복을 입기 시작한 지가 벌써 2주가 되어간다. 발끝부터 머리끝까지 보호복과 장갑으로 몸을 싸매면 바이러스는커녕 화학전에 쓰이는 가스마저 두렵지 않을 정도다. 마치 무균실 안에 들어가 있는 듯한 착각을 들게도 해서 포근한 맘이 들것도 같지만, 마스크에 눌린 얼굴이 아려와서 오랜 시간 입고 있을 수 없다. 한 시간가량 회진을 돌고 나면 땀으로 이마와 등이 촉촉해지고, 무엇보다 마스크라인에 눌린 얼굴이 아리다(다른 의료진은 지난여름을 어떻게 견뎠을꼬).

회진에서 중요한 건 감염 병동을 나올 때의 처리다. 바이러스를 단 하나도 가지고 나와서는 안 된다. 코로나19 바이러스를 묻혀서 나와 일반 병동에 옮기는 일이 일어날 가능성이 0.01퍼센트도 있어서는 안 된다. 그래서 코로나 병동은 음압 병상을 통해 공기의 흐름을 통제하고,

일을 해야 하는 의료진의 동선을 철저히 관리한다.

　가장 중요한 것은 나오기 전 옷을 벗는 일이다. 탈의실의 전면에 배치된 거울을 보면서, 연습했던 순서대로, 옷을 벗겨나간다. 덧신 끈 풀기 – 겉장갑 – 페이스 실드 – 보호복 – 속장갑의 순서로 벗어나간다. 모든 단계의 사이에는 손 소독을 해야 한다. 마지막 마스크를 벗고 오염 구역을 벗어나면 새로운 마스크로 갈아낀 후 일상으로 돌아간다.

　한번은 함께 일하는 과장이 탈의하는 과정에서 바지가 오염되는 일이 발생했다. 보호복을 벗은 채로 일부 오염이 되었을 것으로 추정되는 의자에 살짝 걸터앉은 것이다. 탈의실의 CCTV를 지켜보던 간호사실의 간호사가 이를 확인했고, 곧바로 의사는 바지를 깨끗한 병원복으로 갈아입어야 했다. 오염된 바지는 비닐봉지에 담겨 이틀 후 세탁해서 입도록 조치되었는데, 나는 이날 이후 아주 경미하지만 의자 공포증이 생겼다. 한순간의 실수로 집에 갈 때 병원복을 입고 갈 수 있다니 그럴 만하지 않은가.

　방호복을 입고 병동에 들어서면 음압기가 돌아가는 기계 소리가 들린다. 병실 내부의 대기 압력은 병실 밖보다 낮게 음압으로 설정되어야 하기 때문이다. 기계 소음 때문에 환자들에게는 일괄적으로 귀마개가 지급된다. 환자들은 귀마개나 이어폰을 끼고 있다. "안녕하세요"라고 회진을 알리는 인사를 하면 환자는 일어나 앉아서 이어폰을 뺀다. 책을 읽는 사람은 없다. 왜냐하면 종이책은 치료 후에 들고 나갈 수가 없다. 가지고 온 종이류는 퇴원 시 모두 거두어 소각해야 하지만 전자기구는 표면을 소독 후 가지고 나갈 수 있다.

스마트폰은 환자들이 격리 시간을 견디게 해주는 아주 유용한 친구가 되어준다. 게임, 카톡, 뉴스 소비, 은행 거래 등 사용 용도가 유용하지만, 가장 중요한 사용처는 가족들과의 전화 통화다. 코로나19는 대개 가족의 다수가 함께 감염되기 때문에 감염 즉시 가족은 일시 이산가족이 된다. 생활치료센터나 병원으로 가족들은 흩어지고, 진단이 안 된 가족들은 집에서 자가격리를 하게 되니 서로의 건강을 확인하고 격려해주는 용도로서의 스마트폰은 없어서는 안 될 귀한 생활비품이다.

감염병 환자의 경우 입원 과정과 퇴원 과정의 절차가 까다롭다. 이 모든 절차는 중대본과 시공무원 간호사와 의사 그리고 원무과의 여러 명이 참여하는 카톡방에서 이루어진다. 그러니 카톡 알림 기능을 꺼놓을 수 없다. 수시로 카톡이 왔다는 소식을 확인해야 하고, 환자의 퇴원,

병상 현황을 파악하고, 환자 입원 문의가 오면 입원 결정을 해야 한다.

무엇보다 입원해 치료하고 있는 환자가 사망하는 일이 발생해서는 안 되기 때문에 '정신 알람' 기능도 꺼놓을 수 없다. 문제는 코로나19 환자 외에 기존 호흡기 병동의 환자가 줄지 않았다는 것이다. 기존 호흡기 질환 병동과 감염 병동 하나가 다른 시스템으로 돌아가니 두 개의 정신으로 살아야 한다. 그러니 정신이 몹시 분주하다. 책을 읽을 여유가 없다.

덧붙여, 코로나19 폐렴환자의 임상경과는 독특하다. 다른 감염성 질환의 경과와는 다르고 치료적 접근도 특이하다. 예를 들면 폐렴이 악화하는 상황이라면 독감 같은 경우 항바이러스제의 용량을 증량해야 하는데, 코로나19 폐렴은 오히려 반대 방향의 면역억제제를 사용해야 한다. 그 작은 미생물이 몸 안의 면역계를 제대로 약 올리는 모양이다. 지구를 강타한 신종 미생물의 생얼을 보는 것 같아 흥미롭다. 멀지 않아 위드 코로나 시대가 다가올 텐데, 독특한 경과를 경험한 것은 호흡기내과 의사로는 중요한 경험이 될 것이다.

격리되지 않는 _____

마음

오늘은 같은 말을 두 번이나 들었다. 모두 코로나19 폐렴으로 입원치료 후 퇴원한 환자들이었다. 외래로 방문한 환자들의 코로나19 바이러스의 전염력은 소실되었으나 흉부방사선 사진상 폐렴은 남아 있었다. 아직 잔기침이 남아 있었고, 한 사람은 후각과 미각상실에서 아직 회복하지 못한 상태였다. 일주일 후 한 번만 더 뵙자고 했더니 두 사람 다 같은 말을 했다.

"한 번이라뇨. 앞으로도 여러 번 뵈었으면 좋겠습니다."

두 사람 다 발열이 상당 기간 지속되고 폐렴도 있어서 적지 않게 고생을 했다. 가족들과 떨어진 채 격리된 공간에서 병과 씨름해야 하는 상황은 사람에게 지독한 고립감을 준다. 평생을 함께 살아왔고, 의지해왔던 사람들과는 더 이상 만날 수 없다. 간병도 면회도 할 수 없다. 신종 전염병이 가져다준 발열과 두통, 몸살과 식욕부진, 후각과 미각의 상실, 이런 모든 증상을 낯선 환경에서 낯선 사람들과 이겨내야 한다. 더군다나 지속적인 발열이나 호흡곤란이 발생하여 생명의 위협을 느끼는 상황이라면 고립감은 더욱 심할 수밖에 없다.

의지할 수 있는 유일한 사람은 오직 의료진뿐이다. 보호복으로 머리까지 싸매고, 얼굴은 마스크와 페이스 실드가 겹으로 둘러싸고 있는 의료진이다. 치료는 될지 모르지만, 심정적 의지까지 하기는 어려운 환경이다.

그럼에도 불구하고 외래로 찾아온 환자들은 고맙다는 말을 여러 차례 했다. 게다가 '더 만나고 싶다는 말'까지 해주니 나로선 여간 고마운 일이 아니었다. 내가 그들에게 적지 않은 '의지'가 되었다는 말 아닌가. 보호장구를 착용하고 목소리와 눈빛만으로 만나는 차가운 환경도 사람의 마음이 오고 가는 것을 막지는 못하는 것 같다. 보람찼다.

가을을 기다리며

여름이 가고 있다. 성큼성큼 멀어져가고 있다. 이 변화를 가장 예민하게 알아채는 것이 나의 눈이다. 안구 건조증이 있는 나의 눈은 다습한 공기가 건조한 공기로 바뀌는 것을 기똥차게 알아챈다. 여전히 반팔을 입고 공원을 걸으며 땀을 흘리고 있었건만, 내 눈은 여전하지 않다. 뻑뻑하고 침침하여 연실 꿈뻑거린다. 서늘한 바람이 불 때면 미간을 찌푸려 눈두덩이로 마른 공기를 막아낸다. 잔디밭 위를 걷는데 일주일 전만 해도 발목에 어리던 풀잎의 젖은 촉감이 느껴지지 않는다. 여름이 간다는 것은 대지와 내 안구가 건조해진다는 말이다.

여름을 되돌리지 않더라도 안구를 촉촉하게 적시는 방법이 하나 있다. 면봉을 콧구멍 깊숙이 넣고 휘이휘이 저은 후 잡아빼는 것이다. 그러면 코가 뻥 뚫리면서 날카로운 느낌이 콧등에서 뒤통수까지 전해진다. 그리고 이어지는 눈물과 콧물. 이때의 눈물은 날카로운 느낌을 동반하는데, '눈물이 핑 돈다'라는 말의 어원이 여기서 생겼다고 생각한다. 먼 옛날 가늘고 긴 나무꼬챙이로 코를 파던 조상님이 만들어냈을 것이다.

지난 일주일 두 번의 핑 도는 눈물을 경험했다. 그리고 며칠 후면 또 한 번 경험하게 될 것이다. 바이러스와 접촉자로 분류되었기 때문인데, 이런 일도 자꾸 겪다 보니 익숙해진 것인가. 검사실에서 마스크를 내리고 내 안으로 들어오는 면봉을 무던하게 받아들인다. 그리고 역시 핑 도는 눈물과 뒤통수로 뻗치는 날카로운 느낌을 무던하게 받아들인다. 엊그제는 검사실 선생님이 면봉을 유난히 크게 휘젓는 바람에 코가 뻥 뚫렸다.

주말이 지나면 나 역시 코로나19로 입원한 환자들에게 PCR 검사를 하게 될 것이다. 면봉을 받아들이는 입장에서 면봉을 밀어 넣는 입장으로 바뀌는 것이다. 검사를 받아가면서 검사를 해나가야 하는, 이것은 또 무엇인가. 무던하게 지나가고 싶건만, 요즘은 꼭 그렇게 되지만은 않는다. 길게 늘어난 환자 명단이 무겁게 느껴진다. 조금 전 병동간호사에게 환자문의 카톡이 왔다. 아직도 집에 안 갔냐고 물었더니, 이제 간다고 했다. 밤 10시인데. '데이(낮 근무)'였는데.

"선생님, 우리는 누구에게 항의해야 합니까. 이걸 어떻게 이해해야 합니까. 일주일 전에 아버지를 뵌 것이 마지막이 될 수도 있다는 말 아닙니까."

코로나19에 감염되어 전문병원으로 전원 간 환자의 아들이 나에게 이렇게 말했다. 항암치료를 받고 있는 분이라 코로나19 감염증은 생명을 위협할 수도 있다. 만일 돌아가신다면 시신은 방수포 두 겹으로 둘러싸여 옮겨지고, 당일로 화장을 하게 될 것이다. 작별인사마저도 못하게 만드는 비정한 죽음이라, 그 가능성만으로도 가족들의 맘은 낭떠러지 앞이다. 그러니 절벽에 대고라도 항의를 해야 하는 상황이다.

면봉이야 얼마든지 겸허히 받아들일 수 있겠다만, 이런 슬픔은 못 받아들이겠다. 아들의 항변이 오랫동안 귓가에 맴돌았다. 가을이다. (눈물이 핑 돌지 않으며) 눈이 침침하고 뻑뻑한 가을을 회복하기 위해 좀 더 부지런해져야겠다.

위드 코로나, 위드 마스크, _____

위드 스마일

2021년 11월 초. 갑작스러운 추위에 유난히 가을이 짧게 느껴지는 시간이다. 발갛게 익었던 낙엽들이 바람에 날려 떨어지고, 벌거벗은 나뭇가지를 허공에 드러낼 즈음. 코로나 병동에 입원한 환자들의 흉부 X ray 사진에는 하얀 안개꽃이 피기 시작했다. 검고 어두워야 하는 폐사진에 하얀색 폐렴 음영이 드러나는 것이다. 폐렴이 발생하는 환자들이 늘었고, 중증도도 훨씬 심했다. 코로나 병동 회진을 위해 모니터 앞에 앉아 환자들의 가슴 사진을 하나씩 열어보던 우리는 불과 2~3주 사이에 일어난 변화에 화들짝 놀라 연실 감탄사를 연발한다.

"무슨 일이야? 다들 폐렴이 꽤 심하잖아."

첫째는 입원 환자들의 연령대가 달라졌다. 병동의 절반 정도를 차지하고 있던 20~40대 연령의 환자는 찾아볼 수 없다. 해당 연령대의 예방접종이 마무리되었기 때문이라 짐작된다. 그들의 병상에 누워 있는 사람들은 대부분 60대 이상의 고령층이다. 근처 요양병원의 집단감염도 있었다. 고령층에서 코로나19가 확산하기 시작하니 질병의 중증도도 함께 악화일로다.

젊은 연령층에서 가볍게 앓고 지나가던 폐렴이었지만, 고령층에서는 그 정도가 훨씬 심하다. 산소치료와 렘데시비르, 덱사메타손과 같이 위중증의 환자에서 사용하는 치료제의 처방도 늘었다. 고령층은 2021년 봄에 코로나19 백신접종을 마쳤는데 5개월 가까이 지나면서 예방율이 떨어진 것이다. 세대마다 예방접종 기간이 달랐던 이유로 인해 코로나 병동의 환자군이 빠르게 변했다.

생각보다 2차 접종의 효과는 오래가지 않았고, 유럽보다 예방접종률이 더 높고, 방역이 치밀한 한국은 혹시 다르지 않을까 했던 기대는 접어야 했다. 아침 회진을 위해 당일 촬영한 가슴 사진들은 추가접종 없이는 신종전염병의 확산세를 꺾을 방법이 없다는 것을 증명하고 있었다. 추가접종은 필요하고 그 기간은 6개월보다 짧아야 한다는 것을 피부로 느낄 수 있었다.

아침 회진을 돌고 내려오면서 나도 모르게 한숨이 나왔다.

'아, 보호복과 마스크를 벗을 날이 당분간은 오지 않겠

구나.'

속으로 중얼거렸다. 마스크 벗을 날을 얼마나 기다렸던가. 기대가 크면 실망도 큰 법이지만, 마스크를 벗고 상쾌한 공기를 마시며 대화하게 되는 기대를 어찌 접겠는가. 백신 접종율만 높아지면 가능할 것이라고 굳게 믿고 있었던 기대를 이제는, 정말 접어야 한다. 두 달만 버티면 될 것이라고 예상했었는데, 두 달이 아니라 2년 아니면 그 이상이 될지도 모르겠다.

코로나19의 대한 원인 분석과 미래를 전망하는 이야기들을 쉽게 접한다. 인간과 동물, 더 나아가 모든 생명체가 공존할 수 있는 지속가능한 체제를 설계해야 한다고 한다. 코로나19로 인해 온라인이나 재택근무와 같은 비대면 또는 언택트 사업들이 증가할 것이라고 한다. 메타버스와 같은 언택트 가상현실은 예상보다 빨리 우리의 일상으로 침투해 들어오고 있다. 물론 그렇게 될 것이라는 점에 대해서는 재론의 여지가 없다. 당연히 새로운 미래를 준비해야 한다. 그래도, 그래도 마스크를 계속 쓰고 다닐 거라는 전망은 믿고 싶지 않았다.

위드 코로나 시대를 준비하기 위해서 할 일이 생겼다. 코로나19가 인간사회에서 나갈 생각이 없는 것 같으니 그 존재를 인정하면서 건강하게 사는 방법을 찾아야 한다. 첫 번째는 마음을 비우고 받아들이는 것이다. 위드 코로나는 곧 위드 마스크이고, 위드 손 씻기이며, 위드 추가접종이다. 바뀌어버린 생활습관을 받아들이고 나서도 꼭 필요한 게 하나 더 있다. 위드 스마일. 돌아보니 얼굴을 마스크로 가린 후 웃는 일이 부쩍 적어진 것 같다. 미소는(어차피 마스크에 가려 보이지도 않을 것이라 생각해서인지) 더욱 해본 적이 없는 것 같다. 코로나 19의 대유행 이후 유머도 장난기 섞인 농담도 많이 줄었다.

시인 이성복은 본인의 문학을 지탱하는 축 세 가지로 진지함, 측은함 그리고 장난기를 들었다. 시인의 자질로서 진지함과 측은함은 당연한데, 장난기는 의외라는 생각을 했었다. 고뇌하고 사색하며 단어 하나하나를 써 내려가는 시인의 이미지 때문일 것이다. 그러나 이성복 시인은 진실에 대한 지향을 위해 '진지함'이, 윤리적 책임감을 위해 '측은함'이, 예술가가 되기 위해 '장난기'가 필요하다고 했다.

예술? 맞다. 무엇이 예술인지는 깊이 이해하지는 못해도 느낌은 알 것 같다. 남들이 정해놓은 틀 안에서만 있어서는 예술가가 될 수 없다. 자기 자신의 생각 느낌이 있어야 하고 표현할 수 있어야 예술가다. 그런 사람이라야 타인에게 공감도 할 수 있으리라. 장난은 나 자신을 찾는 시작이 아닐까. 내 느낌대로 어떤 흐름에 어깃장을 놓는 것, 그 순간 내 느낌만 가지고도 미소를 짓게 할 수 있는 것이 장난이다.

2019년에 시작된 거대한 무엇이 나에게 마스크를 강제할 수 있어도, 강제로 미소를 짓게 할 수는 없다. 미소는 밖에서 오는 것이 아니라 안에서부터 출발하는 것이니까. 썩소(썩은 미소)도 좋고 키득거리는 미소도 좋고, 그냥 뭐가 좋은지 몰라 허공에 피워내는 미소도 좋다. 미소를 되찾자. 똑같은 삶이라도 누군가에게는 처연한 생존기가 되기도 하지만, 누군가에게는 발랄한 예술이 될 수도 있다. 무엇이 될지는 삶의 주체인 당사자의 결정이다.

이 세 가지는 위드 코로나 의사에게도 똑같이 적용할 수 있을 것 같다. 진지함과 측은함은 의사로서 당연히 필요하다. 굳이 풀어 설명하자면 질병과 지식에 대한 공부를 위한 진지함, 그리고 환자의 고통을 공감하는 측은함이 필요하다. 그리고 하나 더, 장난기, 유머가 필요하다. 장난기 없는 진지함만 가지고서는, 장난기 없는 측은함만을 가지고서는 삶이 얼마나 처연하겠는가. 장난을 치는 사람에게는 적어도 그 공간만큼은 삶은 놀이터이며, 그 순간만큼은 삶을 향유하는 예술가가 되니까.

바다

"아유, 죽을 뻔했잖아요. 정말 고마워요. 다 덕분이에요."

67세 환자는 코로나19 폐렴으로 한 달 동안 입원치료를 했다. 고유량 산소요법을 받으면서도 폐렴은 악화했고 인공호흡기 치료를 하기 직전까지 갔다. 일주일간은 숨이 차서 식사도 못 했다. 다행히 잘 버텨준 덕분에 폐렴은 호전되었고, 지난한 입원 기간을 경유해 퇴원했다. 오늘은 퇴원 일주일 만의 외래 진료일이었다. 오늘 찍은 가슴 사진에는 코로나19 바이러스 폐렴이 앓고 지나간 흔적이 역력하지만, 지금은 산소 없이도 숨을 쉴 수 있고, 게다가 대중교통을 타고 병원에 올 정도니 의료진으로서도 감개무량했다.

이렇게 회복한 환자들은 고맙다는 인사를 여러 번 하는데, 가끔은 듣는 사람이 무안할 정도다. 그래도 회복의 기쁨을 외래 진료실에서 볼 수 있다는 것은 행복한 경험이다. 그러나 아무리 좋은 것이라도 지나치면 무뎌지기 마련이다. 코로나19의 병상 배정을 요청하는 카톡방은 하루도 쉬는 날이 없고, 병상의 침상들은 하루도 비는 자리가 허락되지 않는다. 끊임없이 들어오고 나가는 환자들은 마치 밀려왔다 밀려 나가는 파도를 보는 것 같다. 환자들은 병동으로 밀려왔다가 다시 나갔다가, 그리고 외래로 다시 들어왔다가.

아니 사람들이 오고 싶어 오는 것은 아니니, 사람들 탓은 말자. 모두가 코로나19 바이러스 탓이다. 앗, 그러고 보니 코로나는 병원 선별진료소에 길게 늘어선 줄 속에도, 그들의 점막을 훑고 지나간 면봉 속에도, 면봉 속의 코로나 특이유전자를 찾아내려는 증폭기 안에도 있다. 어제는 팔 골절로 수술을 위해 병원을 찾은 고등학생의 몸에서도 발견되었고, 오늘은 요통으로 응급실을 찾은 할아버지의 몸에도 있었다. 도처에 있다. 이건 코로나 유전자의 바다다. 그리고 우리는 바닷가에서 밀려오는 물을 막아보고자 성을 쌓고 있는 것이다. 물론 바닷가니까 모래성이다. 더 큰 파도가 밀려오면 허물어져버리는 모래성이지만 폄하하지는 말아야 한다. 모래성 덕에 생명을 지켜가는 수많은 사람이 있지 않은가. 무너지면 다시 쌓고, 더 쌓으면 된다.

유전자의 바다라…. 쓰고 나니 괜찮은 것 같다. 눈에

보이지도 않는 미시기생체와 싸우는 것보다는 그들이 연합하여 만든 '거대한 바다'와 한번 붙는 것이 폼 나는 일이니까. 일렁이는 바닷가에 맨발로 서서 지평선을 바라본다. 발바닥을 적시는 잔물이지만, 나의 시선은 그 뒤에서 일렁이는 대양을 바라보는 것이다. 바다에 맞짱을 떠보는… 음… 상상만 해도 위로가 된다.

다음 주 월요일이면 침대 6개의 중환자실과 18명의 준중환자를 수용할 수 있는 코로나19 중환자 병동을 열게 된다. 중환자실 오픈을 위한 병원 개조공사가 지난 2주간 있었고, 그 사이 의사와 간호사를 비롯한 의료진이 구성되었다. 이번엔 좀 더 견고한 모래성을 쌓은 것이다. 오너라 파도여~.

아까운

오늘 오전 처음으로 코로나19로 인한 폐렴 환자를 기관 삽관하고 인공호흡기 치료를 시작했다. 코로나 중환자실 병동에서 겨우겨우 호흡을 유지하던 두 사람의 증상이 밤사이 악화했던 것이다.

밤사이 몇 번의 전화를 받았고, 퀭한 눈으로 출근을 해 보니 두 분의 환자가 산소포화도가 생명을 위협하는 수준에서 올라가지 못하고 있었기에 어쩔 수 없이 기계로 호흡을 유지하는 상황에 이르렀다.

쓰고 나서 보니 '기관삽관하고 인공호흡기 치료를 시작했다'라고 한 줄로 요약한 것이 너무나 억울하다. '글'은 어떤 상황을 무참할 정도로 압축 요약해버리는 기능이 있다는 것에 새삼 놀라움을 금치 못하면서 다시 풀어 적는다.

숨이 꼴딱꼴딱 넘어가는 두 명의 중환자를 두 명의 간호사가 간호하고 있었다. 간호인력으로 볼 때 불가능한 인력이지만 상황이 어쩔 수 없었다. 중수본에서 지원하기로 한 간호사는 약속한 날에 오지 않았고, 코로나19의 확산 탓에 날로 늘어가는 중증 환자는 갈 곳이 없는 상황이어서 당장에 중증 병상 6개 중 두 개의 병상을 열 수밖에 없었기 때문이다.

환자 상태를 모니터링하는 화면에서는 산소포화도가 점진적으로 떨어지고 있었다. 80퍼센트 근방까지 떨어진 숫자를 보면 의사들은 반사적으로 흥분한다. 일반 중환자실이라면 "기관삽관 합시다"라고 외치면서 벌떡 일어나 달려가면 만사 제쳐놓고 달려오는 의료진들 덕에 일은 일사천리로 진행될 것이었지만, 코로나 병동의 중환자실은 준비할 것이 만만치 않다.

1미터 앞에 있는 환자지만 접근하려면 유리벽이 간호실과 병상을 차단하고 있으므로 빙 돌아 여러 개의 전실을 지나가야 한다. 또한 출발하기 전에는 방호복을 입어야 한다.

게다가 당장 기관삽관에 필요한 약물, 처치, 인공호흡기 장착 등의 행위를 위해서 최소 네다섯 명의 인력이 필요한데 지금 인력은 유리벽 넘어 환자 옆에 한 명, 그리고 모니터링 실에 한 명 딸랑 두 명에 의사인 나까지 세

명이다. 낙천적이라면 어딜 내놔도 꿀리지 않는 나이지만 이 일은 신중하지 않으면 크게 사고 날 일이라는 것은 금방 알 수 있었다.

급하게 간호사 세 명에게 도움을 청했다. 일반환자 중환자실에 내려가서 간호사 한 명을 모셔왔고, 오는 길에 만난 준중환자실 간호사 한 명과 전담간호사에게 함께 하자고 부탁했다.

방호복을 입고 해야 하는 처치는 십 몇 년을 하던 것도 낯설게 만든다. 두 겹의 장갑이 손을 무디게 하고 페이스 실드는 시야를 가린다. 머리까지 덮어쓴 두건 탓에 고개를 돌리는 것이 자연스럽지 않다. 그러나 숙련된 손들이 마음과 힘을 모았고, 일은 다소 부산스러웠지만 무사히 마무리되었다.

환자에게 인공호흡기가 연결되고 모니터링 상의 수치들이 환자의 건강을 담보할 수준으로 올라갈 때까지 한 시간 가까운 시간이 흘렀다. 방호복을 벗는데 땀에 범벅이 된 곱슬머리카락이 숫 사자 갈기처럼 보였다(뭔가 해냈다는 자부심에 자아가 비대해짐).

두 환자의 가족에게 전화를 걸어 상황을 설명했다. 애끓는 가족의 목소리가 들렸다. 최선을 다해달라는 부탁에 최선을 다하겠다고 했다.

이렇게 풀어서 쓰고 나니 가슴속에서 뭔가가 쏠렁 풀려
서 내려가는 느낌이다. 글이란 뭔가를 압축하는 능력도 있
으며 풀어내는 능력도 있다.

길 잃은

슬픔

세 명의 환자 보호자를 면담했던 날. 환자들은 모두 코로나19 중환자실에서 폐렴 악화로 인공호흡기 치료를 하고 있었다. 갑작스럽고 예상하지 못했던 이별 앞에서 슬픔은 갈 곳을 잃은 듯 느껴졌다. 엄마와 함께 입원했던 딸은 엄마를 중환자실에 혼자 남겨놓고 퇴원하면서 발이 안 떨어져 엘리베이터앞에서 주저앉았다. 아빠와 다투었던 통화가 마지막 대화가 되어버린 딸은 인공호흡기에 의존한 채 호흡을 이어가는 아빠의 상태가 믿어지질 않는다. 요양병원에서 코로나19에 감염되어 전원(轉院)한 환자의 딸은 자기 때문에 병원을 옮겨서 이렇게 된 것이라며, 자책하는 마음이 슬픔을 더한다. 엄마 또는 아빠가 반드시 살아야 하는 이유 때문에, 아니 그 이유를 설명해주면 의사의 처방과 간호사의 처치에 어떤 효험이라도 더해질 것이라고 믿듯이, 가족들의 사연 속에는 간절한 소망이 담겨 있다.

얼굴이라도 뵈었으면 하지만, 전염병으로 인해 음압 격리실에서 집중치료를 받고 있어 면회도 허락되지 않는다. 수화기 너머로 들려오는 목소리가 간간히 말이 끊긴다. 진료실로 상담을 온 가족들은 말이 끊길 때마다 말 대신 눈물이 대화를 이어간다. 가족들의 내면 어디에도 슬픔이 가라앉을 장소가 없다. 이 길을 잃은 슬픔들을 어찌해야 할까. 얼마나 많은 슬픔이 내면에서 뛰쳐나와 배회하고 있을까? 또 배회하게 될까?

나에게는 다음 날이 있다. 또 다른 사연과 슬픔을 목격해야 할지 모른다. 슬픔을 가지고 있어서는 안 된다. 출퇴근길에 이런저런 음악을 들어보는데 〈비창〉 2악장이 마음을 크게 위로해주는 것을 발견했다. 오케스트라의 합주에서는 첼로가 가슴을 쓸어주는 게 느껴졌다.

스물아홉 살에 아우슈비츠에서 죽은 에티 힐레숨은 슬픔은 견디어야 한다고 했다. 내면에 슬픔이 허락할 공간을 마련해주지 않으면 슬픔이 자칫 분노와 증오로 바뀌어버릴 수 있다고 했다. 슬픔을 위한 안식처를 마련하고 정직하고 용감하게 견디어낸다면 더 나은 사람이 된다고 했다. 나치의 수용소에서 그녀가 견디어낸 슬픔과 비할 바 아니지만, 물론, 환자의 가족들의 슬픔과는 비교할 수도 없겠지만, 내게도 슬픔을 위한 작은 공간이 있기는 한 것 같다. 심장의 오른쪽, 그러니까 아마도 우심방 가까이 있는 듯 하다. 위로의 음악을 들으면서 첼로의 부드러운 활이 우심방을 쓸어내리는 느낌이 들어서 하는 말이다.

오늘 퇴근길에는 또 다른 감정을 가지고 귀가해야 했다. 병원에서 확진자가 발생한 것인데, 나도 수차례 접촉했던 분이다. 접촉자란 말을 듣자마자 콧구멍이 간지럽고 목이 칼칼해졌고 검사 후 결과를 기다리는 동안 심장이 작아져 슬픔이고 뭐고 다른 것이 들어설 자리가 없다. 나를 믿고 누워 있는 환자가 몇 명인데, 양성이면 정말 큰 일이다. 그냥 조마조마할 뿐.

집에 와서 방에 누워 있는데 '음성'이라는 문자가 도착했다. 아싸! 잠깐이지만 짜릿한 기쁨이 지나갔다. 간만에 찾아온 기쁨인데 너무 잠깐 머물고 휙 사라져버려서 아쉬웠다. 내면에 기쁨을 저장할 공간은 없을까. 한번 찾아온 기쁨을 잡아두었다가 일 없을 때 꺼내서 실실 웃다가 도로 넣어두었다가 하면 좋겠다마는.

극도의

<u>긴장</u>

순간을 잡아내는 스냅사진 한 장만으로도 작가들은 깊은 감정과 다양한 이야기를 풀어낸다. 사진만이 아닐 것이다. 화폭에 담아내는 화가들의 그림 역시, 관람객으로 하여금 깊은 울림을 끌어내기도 한다. 그것은 2차원 평면 속 그림이지만 3차원 공간 감각에 더하여 시간과 감정이라는 4~5차원의 깊이를 드러내기 때문이다. 2차원 평면에서 그 이상을 느낄 수 있는 것은 인간이 다차원적 삶을 살아내는 존재이기 때문일 것이다.

나의 머릿속에 남은 2차원 사진이 그렇다. 오늘 내가 바라보았던 충격적인 장면, 그것은 2차원 평면에 담긴 사진처럼 머릿속에 각인되었다. 그 장면이 내 시야에 들어옴으로써 아주 깊은 감정을 끌어올렸는데, 그것은 아마도 오래도록 기억될 것 같다.

내 머릿속 사진을 풀어 설명해보겠다. 환자는 반듯이

누워 있었고, 활처럼 휘어 있는 튜브가 목걸이처럼 가슴 위에 가지런히 놓여 있었다. 환자는 아무런 표정이 없었고, 얼굴은 창백하고, 입술은(이 지점에서 시간이라는 차원을 첨가해야 한다) 붉은빛을 잃고 파래지고 있었다. 믿을 수 없었다.

오전 회진 후 지난 밤사이 상태가 많이 악화한 환자가 있어 환자에게 인공호흡기 치료를 해야만 했다. 인공호흡기 적용을 위해서는 기관삽관을 해야 하는데 이 시술이 그리 쉽지는 않다. 아무리 많이 해봐도 할 때마다 긴장하지 않을 수 없는 것이, 실패하면 자칫 환자가 사망할 수 있기 때문이다.

이번에도 쉽지 않았다. 호흡곤란으로 밤을 지새우면서 턱과 입이 강직되었기 때문이다. 환자가 호흡 때문에 이를 악물으니 입을 벌려 튜브를 기도까지 삽입하는 시술이 어렵다. 시술 도중에 페이스 실드 머리끈이 풀려 시술이 잠시 중단되기도 했다. 입안을 눈으로 들여다봐야 하는데 이 과정에 자칫 비말이라도 눈에 튄다면 바이러스에 감염될 수 있다.

새로운 페이스 실드를 착용하고 어렵게 기관삽관에 성공했다. 그랬더니 이번엔 기계와 환자의 호흡이 조율이 안 된다. 이리저리 기계 모드를 조율해보았지만 쉽지 않았다. 이럴 땐 환자를 완전히 이완시키는 약을 쓰기도 한다. 정신은 진정제로 재우고, 근육은 근이완제로 마비시키는 것이다. 그러면 기계가 100퍼센트 환자를 통제하며 호흡을 유지하게 된다. 근이완제는 정말 조심해서 쓰는 약이다. 환자의 호흡 근육마저 완전히 이완시켜 자발호흡을 제로로 만들기 때문이다. 그러나 기계가 환자를 완전히 통제할 수 있는 상황에서는 사용해볼 수 있다.

근이완제까지 사용하니 그제야 호흡이 조절되고, 산소포화도가 정상 수치로 회복되었다. 휴, 가슴을 쓸어내렸다. 바로 그때였다. 튜브에 연결되어 호스를 유지하던 인공호흡기 지지대가 아래로 툭 떨어지는 게 아닌가. 지지대 연결 조임쇠가 느슨했던 모양이다. 나는 바로 지지대를 들어 올렸다.

그러고 나서 바라본 장면. 어렵게 연결되어 기도를 유지하던 튜브. 입을 통해 기관지 속에 삽입되어 있어야 하는 그 튜브가 환자의 가슴 위에, 마치 반달 모양의 튜브 목걸이처럼 구부러진 채 놓여 있는 것이 아닌가. 튜브가 제자리에서 빠져나왔다는 것을 알아채는 데 2초 정도 걸린 것은 믿고 싶지 않은 마음 때문일 것이다. 마침 근이완제까지 투여했으니 튜브가 빠진 환자는 호흡이 전혀 없었다. 환자의 표정은 편안했지만 입술은 붉은 빛을 잃어가고 있었다. 곧 입술은 파래질 것이고, 그냥 두면 심장마비가 올 것이다.

'네가 왜 거기서 나와!'

속으로 말하면서 겉으로 외쳤다.

"빠졌다! 다시 기관삽관!!"

흩어졌던 간호사들이 뛰어왔고, 다시 후두경을 준비했고, 한 번에 성공 못 하면 심폐소생술을 해야 하는 상황이 올 것이라는 생각을 그 와중에 하면서, 왼손을 번쩍 하악을 들어 올리고 입안을 들여다보았다. 뒤집힌 V자 모양의 성대가 시야에 확보되었고, 나는 성대 사이로 튜브를 성공적으로 밀어 넣었다. 순간적으로 아드레날린이 방출되고 심박수를 크게 증가시키면서 폭발적으로 근력을 상승시킨 것이다.

기관삽관 성공 후 환자의 호흡은 금세 안정되었고, 산소포화도도 정상 범위로 회복되었다. 회진 후 계단을 내려오는데 다리가 덜덜 떨렸다. 오늘 기억 속 그 사진 한 장에는 황당함과 절박함과 아드레날린이 추동하는 극도의 긴장이 서려 있다.

미안하다,

한 명만 더!

간호사 선생님들에게 미안해 죽을 지경이다. 두 명이 2교대를 하는 와중에 오전에 인투베이션 두 명을 하고, 오후에 CRRT(Continuous Renal Replacement Therapy), 즉 지속적 신대체요법 환자를 받았다. CRRT는 혈압이 불안정한 환자에게 행하는 투석을 말한다. 간호인력이 더 적극적으로 개입해야 하는 처치다. 환자를 입원을 결정해야 하는 나의 입장이 참으로 난처하다. 받자니 간호사에게 미안하고 안 받자니 환자의 사정이 절박하고.

중환자실 간호사들은 인력난으로 아침 일찍 나와서 12시간 근무를 서고 저녁 8시 퇴근해야 하는데 내가 퇴근하는 저녁 8시 반까지 새벽에 나온 간호사는 일하는 중이었다. 다음 날 물어보니 밤 10시에 퇴근했단다. 전날 저녁은 먹었냐니까 못 먹었단다. 섬뜩한 미안함에 내가 말했다.

"내가 고기 무한 식사권을 준다고 선언할 테니, 누구든 원하면 밥 한번 살게요. 고기 무한 리필로다가!"

호언장담이다. 이건 진짜 내 마음이지만, 당연히 상황을 이해하고 있는 의료인들이 믿을 리 없다. 그래도 말이라도 뱉어놓아야 미안한 내 속이 누그러진다.

그리고 또 하나의 호언장담을 한다.

"더 이상은 못 받아요. 안 받습니다. 걱정 말고 일해요."

그러고 나서 중수분 지원인력 5명이 보강되었다. 모두가 경력자이긴 했지만 손발이 맞기까지는 여러 날이 걸린다. 나는 안정적으로 일이 진행될 때까지 환자 배정을 안 받겠노라 멋있게 선언했다(중환자실 의자에 허리를 뒤로 제치고 다리를 꼰 채로, 줄여 말하면 원장 모드로).

나의 선언 후 두세 시간 정도 흘렀을까. 오후 늦게 병상 배정반에서 카톡으로 연락이 왔다. 생활치료센터에 입소한 분인데 오자마자 산소포화도가 80퍼센트라는 것이다. 지금은 마스크로 산소공급 10L/min(최대치)를 해야 겨우 적정 산소공급이 유지된다고 한다. 병원을 찾는 데 어디라도 갈 곳이 없다 한다. 오늘 밤 병상배정을 받지 못하면 환자의 건강이 최악의 상황으로 악화될 수도 있는 것이다.

나는 머리가 복잡해졌다. 일반병상에 오버배드로 받아야 할까? 준중환자실 어디라도 비집고 들어갈 것인가. 아니다. 중환자실 4인실 병상 중 한자리 남은 자리가 적절할 것 같다. 내가 더 이상은 못 받는다고 장담해놓은 그 자리다. 선택에 여지가 없다. 면구스럽지만 간호사들에게 부탁을 했다.

"미안하다. 한 명만 더 살리자"라고 말하자 간호사실에서 모니터를 바라보던 석다솜 간호사가 고개를 돌리지 않은 채로 끄덕끄덕했다. 다행히 크게 저항하는 기색이 보이지 않는다(간호사들에게는 너무나 가혹한 질문이다. '지금 우리가 피곤하니 나중에 살리면 안 돼요?'라는 말을 할 수 '없는' 상황이기 때문이다). 너무나 고마웠다. 병상 배정반에 '○○○ 환자 나은병원에 입원하겠습니다'라는 문자를 남겼다. 늘 이런 식이다. 미안할 뿐이다.

나는 의사다

가족과 함께 여행에서 돌아오는 길이었다. 부산에서 광명행 KTX를 탔고, 이어폰을 끼고 음악을 들으며 자고 있었다. 뒷자리에 앉아 있던 아내가 내 등을 쿡쿡 찔렀다. 잠에서 깨서 이어폰을 빼니 방송 소리가 들렸다. 승객 중 환자가 발생했으니 열차에 의사가 타고 있으면 맨 앞쪽 객실로 와 달라는 방송이었다. 아내가 말했다.

"당신 가야지. 의사 오라고 방송하잖아."

이미 주위 사람들의 이목이 집중된 터였고, 가지 않을 수 없는 상황이 분명했다. 자리에서 일어나 앞 객실로 향했다. 객실을 뚫고 현장으로 향하면서도 걸음은 뻣뻣했다. 혹시라도 내가 실수라도 하지 않을까, 잘 모르는 상황에 직면하여 난처하게 되지는 않을까 하는 걱정이 앞섰기 때문이리라.

서너 살 정도 되는 여자아이가 경기(seizure)를 하고 있었다. 경직된 채 팔다리를 떨고 있었고, 부모는 아이를 안은 채 어쩔 줄 몰라 하고 있었다. 나보다 먼저 도착한 의사가 아이를 관찰하고 있었는데, 내가 도착했지만 상황은 변하지 않았다. 어쩔 줄 몰라 하는 어른이 한 명 더 늘었을 뿐.

"아이 경기 하는 거죠? 열이 나나요?"

먼저 도착한 의사와 내가 몇 마디 얘기를 나누는데 "아이 어딨어요?"라고 말하는 우렁찬 여성의 목소리가 들렸다. 나이는 중년쯤 되어 보이는 여성분이 걸어오고 있었다. 걸음에서 이미 자신감이 느껴져서 '의사는 저렇게 걸어야 해'라는 탄식이 흘러나왔다. 소아과 선생님인 것 같았다. 그녀는 걸어오면서 자신의 머플러를 풀더니 바닥에 펼치고 말했다.

"눕히세요."

아이를 처치해줄 소아과 의사를 만났다는 것 이상으로 나를 이 상황에서 구해줄 구원자가 나타났다는 사실에 기뻐하며 내 자리로 돌아왔다. '나는 왜 아이를 눕힐 생각을 못했을까'라고 생각을 곱씹었고, '나는 머플러가 없었잖아'라며 스스로를 위로했다.

이런 경험을 하게 되면 내가 의사가 맞나? 의구심이 든다. 의사 면허를 딴 지 20년이 되었고, 소명감과 자신감으로 뛰쳐나갔어야 하는 상황이었건만 다른 승객들의 눈치를 보며 끌려 나가듯 출동하다니. 그러고는 도움 하나 못 주고 퇴각하고 만 구경꾼 장수의 모습이라니. '그럼에도 불구하고' 출동은 했다는 데 위안을 삼았다. 적어도 내가 의사라는 것을 부정하지는 않은 셈 아닌가.

병원에서도 이런 일은 종종 벌어진다. 피하고 싶은 상황, 왜 하필 내게 이런 일이 일어났을까 싶은 상황이 있기 마련이다. 한번은 외래로 진료를 받으러 온 70세 여성이 내 코앞에서 꼴까닥 넘어갔다. 말 그대로 순식간에 심장이 멈춘 것이다. 바로 내 코앞에서. 나는 환자의 심폐소생술을 시작했고, 결국 무사히 중환자실에서 깨어날 수 있도록 도와드렸지만 아주 짧은 순간 이런 말이 내 머릿속을 지나갔다.

'꼴까닥은 장난칠 때 하는 거라고요!'

'왜 하필 지금 내게 오신 거예요!!'

이러한 상황을 나 스스로 만들었을 때 생기는 자기 비난은 더욱 격하다. 중환자실 회진을 돌 때였다. 내 환자를 모두 돌아보고 중환자실 밖으로 나가려는데, 신경외과 환자의 호흡이 안 좋은 것이 보였다. 환자의 호흡이 빨랐고, 숨소리는 거칠었다. 만일 내가 그냥 지나가면 다른 누군가가 조치를 취했을 테지만, 주치의가 지금 당장 올 수 없다는 말에 가운을 벗고 기관삽관(후두경을 입안으로 밀어 넣어 혀와 턱을 들어 올린 후 기도를 유지할 튜브를 기관지 안으로 밀어 넣는 시술)을 시작했다. 그러나 비만한 체구에 목이 짧았고, 혀가 깊숙이 말려 있어 후두경을 아무리 들어 올려도 아무것도 보이지 않았다.

근이완제를 투여했다. 근이완제를 투여하면 턱과 목의 근육이 풀려 보다 수월하게 기관 삽관을 진행할 수 있다. 그러나 호흡 근육마저 이완되어버리기 때문에 빠른 속도로 기관삽관에 실패하면 호흡부전으로 사망할 수도 있다.

나는 자신감과 절박함이 섞인 마음으로 근이완제를 투여하라고 지시했다. 예상대로 환자의 호흡근육 마저도 이완되면서 호흡을 못하게 되었고, 산소포화도가 점점 떨어지기 시작했다. 조급한 마음에 후두경을 아무리 이리저리 넣어보고 들어올려보아도 기도가 보이지 않았다. 입으로는 "아이 씨, 왜 이렇게 안 보여"를 연발했다. 기도가 보여야 튜브를 밀어 넣어 호흡을 유지할 텐데, 보여야 할 것이 보이지 않는 것이다.

환자는 호흡이 안 되니 저산소증이 점점 심해졌다. 급기야 심장 박동수 마저 느려지기 시작하니, 간호사들은 심폐소생술을 준비하기 시작했다. "에피(에피네프린), 에피 준비해"라는 소리를 들으며, 내 머릿속에는 수많은 생각이 지나갔다. 내가 왜 이 시간에 중환자실에 있는 것이며,

왜 자초하여 이 상황을 만든 것이며, 환자가 사망할 경우 보호자가 얼마나 나를 원망할 것인가.

다행히 심장이 멎기 직전 기관 삽관에 성공했지만, 짧은 순간 내 머릿속을 지나간 많은 말들의 궤적은 남아 있다. 좀 더 의연하게 생각할 수는 없는 것인지, 왜 그런 순간에는 '의사다운' 생각을 못 하고 면피의 구실을 찾는 것인지.

앞서 의사의 사회적 역할을 지나치게 내면화했을 경우에 생기는 단점들을 설명했다. '의사'라는 직업은 어디까지는 하나의 사회적 역할일 뿐이다. 나의 기질과 취향과 좋아하는 것들이 모두 포함된 나라는 '전체'와 의사라는 사회적 역할은 별개의 것이다. 이것을 혼동할 경우, 지나치게 딱딱한 사람이 되고 만다. 누군가에게 명령을 내리는 사람으로서 타인을 바라보게 될 수 있고 듣는 것보다 말하는 사람이 되기 쉬우며, 보고 판단하는 사람이 되고 만다. 쉽게 말하면 '꼰대'가 되기 쉽다는 말이다.

그럼에도 불구하고 '의사'라는 명함이 주는 순기능도 있다. 남들이 불러주고, 스스로 인정하는 '의사'라는 명함이 가지는 역할 있고, 그렇기 때문에 '해야 하는' 것들을 하게 되는 것이다. KTX에서 나를 일으켜 환자가 있는 객실로 찾아가게 만든 힘이 명함의 힘이다. 피하고 싶은 마음이나 두려운 마음이 있더라도 나설 수 있는 것은 의사라는 호칭에 부여되는 자존심 때문이다.

지금도 일선에서는 코로나19 감염환자들을 감시하고 치료하느라 많은 의료인들이 고군분투 하고 있다. 아침 일찍부터 병원에는 백신 접종을 위한 행렬이 서 있다. 접수하고 예진표를 작성하고, 접종후 관찰하는 업무가 하루 종일 지속된다. 코로나19환자 치료를 위한 병동은 늘 만석이다. 퇴원하는 환자 수 만큼의 입원환자가 매일 매일 발생하기 때문이다. 입원하고 치료하고 퇴원하고, 다시 입원을 시키는 일상이다. 입원 중 상태가 악화되면 중증 병상에 입원하게 되고, 인공호흡기 치료와 에크모 치료를 받게 되기도 한다. 이들 중증 환자들을 치료하기 위해서는 의료인들의 더 많은 노력이 필요하다.

문제는 이 글을 쓰고 있는 2021년 12월, 지금까지도 이 고단한 일상의 끝이 보이지 않는다는 것이다. 델타변이의 등장은 백신접종만 끝나면 접촉자 관리도, 역학조사도, 자가격리도, 코호트 격리도 없는 병원 생활을 할 수 있으리는 기대마저도 접게 만들었다. 설상가상으로 이제 막 등장하여 그 위력을 가늠할 수 없는 오미크론 변이까지 등장했다. 내 주위의 많은 의료진으로부터 더 이상은 못 할 것 같다는 얘기를 들은 지가 오래되었다. 피하고 싶고, 두려우며, 신경이 예민해져 불면의 밤을 지내다 보니 피로감이 누적된 것이다. 그러나 그만둘 수가 없다. 대체인력이 없다는 것이 하나의 이유고, 더 중요한 것은 의료인이라는 사명감과 자존감이다. 의사라는 자부심이다.

그러므로 의사로서 자부심을 가지면서도 의사로만 살지 않는 것, 그 균형이 필요한 게 아닐까. 사회적 역할로서의 자부심이 있어야 이 코로나19가 가져온 위기를 이겨낼 수 있을 것이고, 사회적 역할에 매몰되어 나 스스로의 정체성을 잃어버려서도 안 되기 때문이다. 다만 지금은 특별한 시기다. 의료적 위기의 시대, 의료진의 역할이 더욱 중요해진 시기다. 나와 우리 모두를 위해 자부심을 놓지 않고, 버텨야 한다. 나는 의사다.

의사가 되어 살아가고 있지만, 이만하면 의사다운 의사라고 만족한 적은 없다. 그렇다고 의사 같지 않은 의사라고 스스로를 힐난한 적도 없다. 어차피 의사는 되어가는 과정이니까, 그 길에서 벗어나지 않으면서 갈 수 있었으면 하는 욕심은 있다. 그렇게 오래도록 가다 보면 나 역시 죽기 전에 이런 근사한 말을 내놓을 수 있지 않을까.

"가을이다. 나도 한마디 할게, 사랑해."

KI신서 10157
측은한 청진기엔 장난기를 담아야 한다

1판 1쇄 인쇄 2022년 3월 21일
1판 1쇄 발행 2022년 3월 30일

지은이 이낙원
펴낸이 김영곤
펴낸곳 (주)북이십일 21세기북스

출판사업부문이사 정지은
인생명강팀장 윤서진 **인생명강팀** 남영란
디자인 강경신
출판마케팅영업본부장 민안기
마케팅2팀 나은경 정유진 이다솔 김경은 박보미
출판영업팀 김수현 이광호 최명열
제작팀 이영민 권경민

출판등록 2000년 5월 6일 제406-2003-061호
주소 (10881) 경기도 파주시 회동길 201(문발동)
대표전화 031-955-2100 **팩스** 031-955-2151 **이메일** book21@book21.co.kr

ⓒ 이낙원, 2022
ISBN 978-89-509-0000-7 03810

(주)북이십일 경계를 허무는 콘텐츠 리더

21세기북스 채널에서 도서 정보와 다양한 영상자료, 이벤트를 만나세요!
페이스북 facebook.com/jiinpill21 **포스트** post.naver.com/21c_editors
인스타그램 instagram.com/jiinpill21 **홈페이지** www.book21.com
유튜브 youtube.com/book21pub

서울대 **가**지 않아도 들을 수 있는 **명강**의! 〈서가명강〉
'서가명강'에서는 〈서가명강〉과 〈인생명강〉을 함께 만날 수 있습니다.
유튜브, 네이버, 팟캐스트에서 '서가명강'을 검색해보세요!

· 책값은 뒤표지에 있습니다.
· 이 책 내용의 일부 또는 전부를 재사용하려면 반드시 (주)북이십일의 동의를 얻어야 합니다.
· 잘못 만들어진 책은 구입하신 서점에서 교환해드립니다.